花巷暖

吴绍永 著

九州出版社
JIUZHOUPRESS

图书在版编目（CIP）数据

花巷暖 / 吴绍永著 . -- 北京 ：九州出版社，
2023.8

ISBN 978-7-5225-2057-5

Ⅰ．①花… Ⅱ．①吴… Ⅲ．①散文集－中国－当代
Ⅳ．① I267

中国国家版本馆 CIP 数据核字（2023）第 152270 号

花巷暖

作　者　吴绍永　著
责任编辑　刘　嘉
出版发行　九州出版社
地　址　北京市西城区阜外大街甲 35 号（100037）
发行电话　（010）68992190/3/5/6
网　址　www.jiuzhoupress.com
印　刷　唐山才智印刷有限公司
开　本　880 毫米 ×1230 毫米　32 开
印　张　7
字　数　176 千字
版　次　2024 年 1 月第 1 版
印　次　2024 年 1 月第 1 次印刷
书　号　ISBN 978-7-5225-2057-5
定　价　69.00 元

序　言

你再不来，我要下雪了。

这是木心说的。

也许是想念水光潋滟里的楼台倒影，想念这里让人随遇而安的园林古塔，想念不时不食的各色美食。十年后，我来了，在那个下雪的夜晚。

岁月匆匆，却也漫漫，人生能有几个十年？每一个十年，都静静讲述着一个个或温情或哀婉的故事。"十年一觉扬州梦，赢得青楼薄幸名"，在杜牧的心中，隐藏着对过往放浪形骸的追忆；"十年生死两茫茫，不思量，自难忘"，在苏轼的笔下，流露着对妻子彻骨的相思与哀悼；"桃李春风一杯酒，江湖夜雨十年灯"，在黄庭坚的梦里，记载着他对挚友黄几复的深厚情谊。

在这座城市里，遇见青春，遇见爱情，也遇见了你。这座城市的美，就在于漫不经心的遇见。闲来无事的时候，秋日里，可以去定慧寺巷里走一走，不到三百米的小巷，铺满了金黄色的银杏叶，让你领略"碧云天，黄叶地"的浪漫。藏在小巷里的古刹，千年前与东坡居士的邂逅，让超然物外的寺塔平添了几许温情，在历久弥新的烟火里等待着旅人们的到来。

你还可以沿着皮市街，一路逛到桃花坞附近的东中市，那里有一条垂直于它的中街路，拐进去，不多远就会看到小巷内隐隐露出黄色的寺墙，墙体写着"文山寺"。苏州有着很多大大小小的庙宇和寺观，出乎意料的是，这却是苏州少有的一座尼姑庵，也是苏州罕见的以人命名的佛寺。更让人想不到的是，这里曾经是南宋名将文天祥安放家眷之处，迄今已八百余年。寺很小，世俗的烟火和佛家的出世在这里完美融合，内里有少量僧尼生活的痕迹，而文山厅和对面高悬的"浩然正气"的匾额，是文天祥家眷在此居住过的仅存凭证。

一个人的时候，就是喜欢这样，在古城区漫无目的笃悠悠闲逛，每一次偶遇都是一场欢喜。在这里，用镜头，去追寻散落在流光里的历史记忆；用文字，去探究岁月藏在小巷里的脉脉温情。东吴的台、唐朝的寺、宋朝的亭、明朝的桥、清朝的古树……当诗词与传说都已沉寂，它们宛若这个城市的吟游诗人，穿越千年，仍在吟唱。心情烦闷之时，还可以驱车沿着弯弯曲曲的街道慢悠悠地开，听着音乐，去感受梅子黄时的细雨，去欣赏街边爬满山墙的蔷薇花，去不远处买几个热气腾腾的青团子，去街角与阿公阿婆喝茶聊天。

人间烟火最疗愈，烟火中的小巷，古朴、悠远而又生动。也许是机缘，我认识作者多年，更能了然几许好奇、几许诗意掺杂着几分考据癖的作者。透过层层历史迷雾，作者用小巷灵巧的曲线串起一个个或浪漫，或凄迷，或婉约，或豪迈的人文故事，他们的悲欢不尽相同，他们的离合又有几分相似？

有人说，"人生的意义也许就在于不可预知的未来与宿命般的验证"，跟随小巷里的故事，在宿命的道场里验证不可预知的未来。

似水流年，曲曲折折，浮生若梦，亦真亦幻。

是为序。

郝 蕾

壬寅年壬子月写于灯火巷里

第一章　苏东坡在苏州的记忆

第二章　横塘驿站的匆匆过客

第三章　秦淮岸边的苏州故事

第一章

苏东坡在苏州的记忆

阊门留别

《红楼梦》在开篇里写道："当日地陷东南，这东南一隅有处曰姑苏，有城曰阊门者。"

阊门，在姑苏很豪侠，鱼肚藏剑刺杀吴王的专诸就住在这里；

阊门，在姑苏很风雅，不远的桃花坞里住着一位风流才子；

阊门，在姑苏很繁华，它是红尘一二等富贵风流之地。

始建于春秋时期的阊门，曾是全苏州最繁盛的地段。唐宝历元年（825），白居易被朝廷委派出任苏州刺史，在此之前，白居易曾在邻近的杭州刺史任上待了不到两年，他一直赞叹杭州的盛景，可自从到苏州登临了阊门之后，便不再一味捧杭州，挥笔写下了一首赞美苏州的《登阊门闲望》：

阊门四望郁苍苍，始觉州雄土俗强。

十万夫家供课税，五千子弟守封疆。

阖闾城碧铺秋草，乌鹊桥红带夕阳。

处处楼前飘管吹，家家门外泊舟航。

云埋虎寺山藏色，月耀娃宫水放光。

曾赏钱塘嫌茂苑，今来未敢苦夸张。

　　时年五十三岁的白居易，站在阊门城楼上，登高望远，意气风发地向人们描绘了他所看到的姑苏大地的壮丽晚景。白居易来苏州做刺史，勤于政务，平均赋税，减轻百姓负担，把大量时间都花在了工作上。虎丘乃是"吴中第一名胜"，为方便游人前往，便利水陆交通，白居易下令在山塘河边修建了一道长达七里的长堤，从阊门一直通到虎丘。人们将这道堤称为"白公堤"，即著名的"七里山塘"。

　　白居易早年曾经来苏州游玩过，他很喜欢江南，曾对友人说自己将来能当苏州刺史或者杭州刺史中的一个就足矣，孰料，之后他果然相继担任这两个官职。他在苏州做官仅仅 17 个月，却留下了杰出的政绩。他离开苏州时，内心对苏州城仍然恋恋不舍，甚至离开十多年后，晚年在洛阳定居的时候，还经常会回忆起在苏州的日子。

　　当然，苏州城的老百姓同样也一直对他念念不忘。著名诗人刘禹锡曾经写了一首诗送给白居易，"苏州十万户，尽作婴儿啼。太守驻行舟，阊门草萋萋。"写尽了白居易离开苏州的时候，苏城百姓对他的留恋，仿佛阊门外那连绵的芳草，都充满了依依不舍，每一片草叶都饱含别情。

　　可巧的是，在白居易离任不久后的一年春天，刘禹锡也来了，同样任苏州刺史，到任后苏州发生多年不遇的洪灾。面对灾害，他一面带领群众战胜水灾，一面奏请开仓赈灾，免赋减役，表现出卓越的政治才能。为官一任造福一方，刘禹锡在苏州待的时间比白居易长，同样也深受百姓爱戴，等到乘舟离开的那天，刘禹锡同样对苏州恋恋不舍。在萧瑟的秋风里，刘禹锡独自徘徊在阊门码头边上，望着船公向他不断发出的就要开船的示意手势，心中涌出无限感慨，今天他也要从阊门离开姑苏，这真是一个悲伤的日子啊，多情的太守写下了那首《别苏州》：

> 流水阊门外，秋风吹柳条。
> 从来送客处，今日自魂销。

阊门在苏州城西，出了阊门往西走十来里就是寒山寺了，那已经是姑苏城外了，阊门历来就是送别的地方，每一个路过阊门的人都会感慨良多。

> 重过阊门万事非，同来何事不同归。
> 梧桐半死清霜后，头白鸳鸯失伴飞。
> 原上草，露初晞。旧栖新垅两依依。
> 空床卧听南窗雨，谁复挑灯夜补衣。

这首《鹧鸪天·重过阊门万事非》是贺铸为悼念亡妻而作，当时贺铸因事要离开夫妇共居的苏州，经过阊门，痛感物是人非，满腹辛酸无处倾诉，只能发出"同来何事不同归"的哀叹，聆听着南窗的夜雨，遥想当年妻子深夜为自己补衣的情形，发出从今以后还有谁替我在深夜挑灯缝补衣衫的慨叹。

哀婉凄绝，一片深情令人感慨万千。这首《鹧鸪天·重过阊门万事非》与苏轼的《江城子·十年生死两茫茫》并称"北宋悼亡词双璧"，堪称千古绝响。不过，苏轼经过阊门的时候，望着缓缓流淌的河水和岸边那一片萋萋的芳草，他想起的不是他的妻子，而是苏州的一名歌妓。

北宋熙宁七年（1074）秋天，苏轼离开杭州赴密州（今山东
诸城），途经苏州时，停留几日，离开之时，让苏轼没想到的是，
一个相熟的歌妓竟然在阊门设宴为他饯行。苏轼在浮沉之间早已
遍尝人情冷暖，离别之际，还有这样一位痴情的歌妓始终待他如
一，为他送别，他内心的感动可想而知，于是在离别之际写了首
《醉落魄·苏州阊门留别》留作纪念：

苍颜华发，故山归计何时决！
旧交新贵音书绝，惟有佳人，犹作殷勤别。
离亭欲去歌声咽，潇潇细雨凉吹颊。
泪珠不用罗巾浥，弹在罗衫，图得见时说。

苏轼站在岸边，看着缓缓流淌的河水，深感自己容颜苍老，
白发满头，回家的计划不知何时能实现。老友新朋都已断了联
系，只有她殷勤为自己设宴践行，就要告别而去，开口未歌先凄
咽，细雨和凉风吹打着面颊。他对姑娘说，不要用手帕擦眼泪，
就任由它洒满衣衫吧，等到再相会时，便把这作为思念的凭证。

佳人送别，真情一片，深深地触动了苏东坡的心。长路漫
漫，注定漂泊，泪洒别离时，但愿后会有期。苏东坡在劝慰佳
人，也是宽慰自己。在古代，这样的分别预示以后很难相见，从
此天各一方，再度重相逢或许就成了一生的奢求与渴盼。

也许送别的时刻最能触景伤情，同样是送别，苏轼在杭州送
别老朋友钱穆父的时候，却道出了人生真谛。钱穆父只是途经杭
州，一对好友短暂重逢之后又要分离，苏轼在离别之际，写下那
首著名的《临江仙·送钱穆父》：

一别都门三改火，天涯踏尽红尘。
依然一笑作春温。无波真古井，有节是秋筠。

惆怅孤帆连夜发，送行淡月微云。

樽前不用翠眉颦。人生如逆旅，我亦是行人。

"人生如逆旅，我亦是行人。"人生就是一场旅行，你我都是那匆匆过客，在一个又一个的客栈中歇脚，停了又走，走了又停。

米兰·昆德拉有一句名言：生活在别处。不知为什么，我很喜欢坐着绿皮火车，看窗外的风景，也会遇见许多的人，经历许多事情，但无论如何，我们都会带着我们从所经历的事情中得到的，是经验也好，是教训也罢，在人生这一条旅程上不断前进。

每个人都是在不断行走中探求内心，看清自己。看清了，也就看淡了；看淡了，也就放下了；放下了，也就自在了。

海棠花下醉

　　杭州有一座山，相传唐代一个叫性空的僧人云游到此，非常喜爱这里清幽灵秀的山林景色，准备在此留住。可是这里却缺乏水源，无奈中性空僧人打算离去。夜里他做了一个梦，梦里有人跟他说："南岳衡山有童子泉，当遣二虎移来。"清晨醒来，他果然看见两只老虎在"刨地作穴"，清洌的泉水从虎爪下涌出，缓缓流淌。性空就此定居下来，成了虎跑寺的开山之祖，虎跑泉也由此得名。

　　这只是一个美丽的传说，不过给虎跑泉蒙上一层宗教与神秘的色彩。直到现在，杭州人都愿意相信这是远处移来的仙泉，不辞辛苦要上山去取一碗泉水，回家泡上一杯新采的龙井茶，那真是神仙的日子。"龙井茶叶虎跑水"素称"西湖双绝"，那缓缓流出的泉水，竟流淌出一段杭州文化。虎跑与龙井就好像天作之合，镌刻在杭州的历史名片上，我也忍不住上前小掬一捧来尝，果然泉水甘甜清洌，甚是怡人。

与龙井的闻名一样，虎跑不仅有自然山水和佛寺建筑，更蕴藏着丰富的历史人文内涵。宋朝高僧济公，最初出家在灵隐寺，后居净慈寺，圆寂于虎跑寺。写完"长亭外，古道边，芳草碧连天"的李叔同，1918 年也在虎跑寺出家，法号弘一，圆寂之后，部分遗骨归葬于虎跑。性空、济颠、弘一，三位高僧，又给这座古老的寺宇增添了传奇庄严的色彩。

对杭州有着特殊情感的苏轼，甚至认为自己前世就是这杭州寺院里的僧人。北宋熙宁六年（1073），在杭州任通判的苏轼，有一天，去虎跑寺游玩，寺内长松叠翠，曲径通幽，泉水淙淙，鸟语间关，林、石、溪等自然素材与古老的庙宇建筑密切结合，浑然一体，于是挥笔写下一首《病中游祖塔院》：

> 紫李黄瓜村路香，乌纱白葛道衣凉。
> 闭门野寺松阴转，欹枕风轩客梦长。
> 因病得闲殊不恶，安心是药更无方。
> 道人不惜阶前水，借与匏樽自在尝。

这里的祖塔院就是虎跑寺，苏轼病中在野寺松林中游憩，僧人不吝惜阶前甘洌的泉水，借给他匏瓢，任他自由自在地饮用。寺里的高僧还与他和了一首《和子瞻学士游祖塔院》：

> 金沙泉涌雪涛香，洒作醍醐大地凉。
> 倒侵九天河影白，遥通百谷海声长。
> 僧来汲月归灵石，人到寻源宿上方。
> 欲著茶经校奇品，山瓢留待羽仙尝。

寺里的僧人和苏轼一样喜欢这仙泉，清澈奔流，令夏日清

凉，用泉水煎茶，给客人品尝。也许是泉水太过甘甜，引苏轼多次来虎跑寺，寺内高僧与苏轼相熟，写下多篇诗词纪念。

其实很多人不知道，这座寺还有一个名字，叫定慧禅寺。所以，当苏轼来苏州游玩，听说苏州也有一座定慧寺的时候，忍不住前往探访，结果与住持守钦禅师一见如故，守钦禅师甚至为他在寺内修造居所，命名为"啸轩"，苏轼到苏州，就喜欢住在定慧寺内。

与定慧寺巷相连的一条小巷，也由于苏轼常往来定慧寺，寄于寺中，被当地百姓命名为苏公弄。巷内原来有贡院，每年赶考的学子总会来到苏公弄中的苏公祠祭拜一番，以求获得先贤的庇佑。

几年后，苏轼被贬至岭南惠州，山高路远，音讯不通，他与守钦禅师都十分挂念彼此。守钦禅师年事已高，据说有位姓卓的居士挺身而出，愿意去惠州探望苏轼，于是他带着禅师的信札、苏公的家书，一路跋山涉水、风餐露宿，从苏州走到了惠州。苏轼见到卓居士，甚是惊喜和感动，他问卓居士有无需求，卓居士回答"惟无所求而后来惠州，若有所求，当走都下矣"，让苏轼大为感动。苏轼当场写了幅陶渊明的《归去来兮辞》相赠。据说返程时，卓居士特意择道江西，把《归去来兮辞》留在了陶渊明的故里，他觉得这才是这幅墨宝最好的归宿。

也许真有一种叫作缘分的存在，苏轼被贬黄州，刚到黄州，无处安身，于是就住进了黄州一座寺庙，这座寺庙也叫定慧院。苏轼发现院子东面，杂花乱草之间，有一株美丽的海棠，当地人不识其名贵，无人欣赏。苏轼在树下流连，像遇到了知己，写下一首《寓居定慧院之东，杂花满山，有海棠一株，土人不知贵也》：

江城地瘴蕃草木，只有名花苦幽独。

嫣然一笑竹篱间，桃李漫山总粗俗。

也知造物有深意，故遣佳人在空谷。

自然富贵出天姿，不待金盘荐华屋。

朱唇得酒晕生脸，翠袖卷纱红映肉。

林深雾暗晓光迟，日暖风轻春睡足。

雨中有泪亦凄怆，月下无人更清淑。

先生食饱无一事，散步逍遥自扪腹。

不问人家与僧舍，拄杖敲门看修竹。

忽逢绝艳照衰朽，叹息无言揩病目。

陋邦何处得此花，无乃好事移西蜀？

寸根千里不易致，衔子飞来定鸿鹄。

天涯流落俱可念，为饮一樽歌此曲。

明朝酒醒还独来，雪落纷纷那忍触。

　　这棵海棠天真烂漫地长在山野里，垂丝摇曳，自然有一种嫣然如笑的美，而这种美，苏轼在京城、在各地都看过，但是这个时候看，别有一番滋味在心头。"天涯流落俱可念，为饮一樽歌此曲。"海棠啊，我和你都远离家乡，流落异地，为此我们应该共饮一杯高歌此曲。苏轼把海棠比作一位美丽清淑、幽独高雅的佳人，对花抒怀，并悬想其乃移自西蜀，自己与花同病相怜。

　　由海棠的流落他乡，联想到自己远谪黄州，由于这样的联想，使海棠的命运与自己的命运掺和在一起。苏轼在《记游定惠院》一文说："黄州定惠院东小山上有海棠一株，特繁茂，每岁盛开，必携客置酒。"后来，苏轼经常来这里看这株海棠花，无数次醉倒在花下，可见苏轼对这株海棠的喜爱。

　　不知道黄州定慧院的海棠是否依旧在，不过，苏州定慧寺中的两棵银杏已伫立百年，想来一定也有寻访苏轼踪迹的文人墨客醉倒在这两棵古树之下。

黄州的一个梦

在黄州，苏轼有了一块耕地，他成了一个快乐的农夫，在这里，他也有了一个新名字，那就是后来世人最耳熟能详的名字：苏东坡。

有一天，苏东坡做了一个奇异的梦，梦见自己乘一叶扁舟渡江，在梦里还看见了一个人。

闾丘大夫孝终公显尝守黄州，作栖霞楼，为郡中胜绝。元丰五年，余谪居黄。正月十七日，梦扁舟渡江，中流回望，楼中歌乐杂作。舟中人言：公显方会客也。觉而异之，乃作此词。

小舟横截春江，卧看翠壁红楼起。云间笑语，使君高会，佳人半醉。危柱哀弦，艳歌余响，绕云萦水。念故人老大，风流未减，独回首、烟波里。

推枕惘然不见，但空江、月明千里。五湖闻道，扁舟归去，仍携西子。云梦南州，武昌东岸，昔游应记。料多情梦里，端来见我，也参差是。

这首《水龙吟·黄州梦过栖霞楼》就是苏东坡根据梦中情形而作，苏东坡写了一个浪漫奇瑰的梦，在梦中，故人风流自在，宴乐于"郡中胜绝"的栖霞楼。苏东坡梦见的这个人，是一个苏州人，名叫闾丘孝终，字公显，曾在黄州做过太守，只是当时已辞官回苏州去了。

也许是思念心切，苏东坡便开始想象闾丘孝终在苏州的日常了，"五湖闻道，扁舟归去，仍携西子"，苏东坡想闾丘孝终一定像范蠡一样，携西子，游五湖，逍遥自在。其实这想象的一幕也正是苏东坡心心念念的。于是开始思念起他们在一起的情景，最后一句"料多情梦里，端来见我，也参差是"，料想你也一定梦到我了，那情形大概就和我在醉梦中一样吧。

梦往往反映出一个人内心深处的愿望，苏东坡为什么会如此想念这样一个苏州人？北宋元丰三年（1080），苏东坡因"乌台诗案"之累，被贬黄州任团练副使，人生跌入低谷，闾丘孝终任黄州太守，很是欣赏苏东坡，经常赋诗为乐，对苏东坡也照顾有加，苏东坡深受感动，"患难见真情"，大概正是这段经历让苏东坡与闾丘孝终成了联系紧密的好友。

后来，闾丘孝终辞官回家乡，隐居在苏州的一条小巷中，小巷就用他的姓氏命名，叫"闾邱坊巷"，这个名字也沿用至今，小巷位于今人民路因果巷附近。闾邱坊巷幽雅整洁，爬山虎覆满青砖，将巷子衬托出几分古朴凝重。只是闾丘孝终和这个典故却被世人遗忘在这条小巷中，再也找不到半点踪迹。

苏东坡每次游历苏州，必定会去闾丘孝终居住的小巷拜会这位老友。闾丘孝终在性情上与苏东坡相近，喜诗酒唱和，又能大隐隐于市，闲淡寡欲，风神洒荡，因而苏东坡给苏州留下了"过

姑苏，不游虎丘，不谒闾邱，乃二欠事"的传世名言，苏州人把它变成了"到苏州而不游虎丘，乃憾事也"，作为城市的旅游宣传语，世人皆知。

有一次，苏东坡在闾丘孝终家中饮酒，绵绵细雨，三两好友，几道好菜，小酌几杯，喝得兴起，写下《苏州闾丘江君二家雨中饮酒》：

> 小圃阴阴遍洒尘，方塘潋潋欲生纹。
> 已烦仙袂来行雨，莫遣歌声便驻云。
> 肯对绮罗辞白酒，试将文字恼红裙。
> 今宵记取醒时节，点滴空阶独自闻。
> 五纪归来鬓未霜，十眉环列坐生光。
> 唤船渡口迎秋女，驻马桥边问泰娘。
> 曾把四弦娱白傅，敢将百草斗吴王。
> 从今却笑风流守，画戟空凝宴寝香。

苏东坡在黄州的夜晚，还会时常想起在苏州时，有一次在垂虹桥与三五好友对月畅饮的情形。

吾昔自杭移高密，与杨元素同舟。而陈令举、张子野皆从吾过李公择于湖，遂与刘孝叔至松江。夜半，月出，置酒垂虹亭上。子野年八十五，以歌词闻于天下，作《定风波令》，其略云："见说前人聚吴分，试问也，应傍有老人星。"坐客欢甚，有醉倒者。此乐未尝忘也。

今七年尔，子野、孝叔、令举皆为异物，而松江桥亭，今岁七月九日，海风驾潮，平地丈余，荡尽无复子遗矣。追思曩时，真一梦也。元丰四年十月二十日，黄州临皋亭夜坐书。

也许是苏州给了这位苏姓的诗人太多的记忆，苏东坡在黄州总是不时想起在苏州的日子。在这篇《书游垂虹亭》中，苏东坡回忆了七年前的一次尽兴夜游，夜半于苏州吴江垂虹亭上置酒欢谈，醉倒尽兴，对比当日，垂虹亭已没于潮水，昔日夜游友人也已不在世，一种悲凉感道出了苏轼历经的沧桑世事，诗人独自夜坐手书回忆昔日情景的样子跃然纸上。

"黄州临皋亭夜坐书"，这里提到的临皋亭是苏东坡在黄州的第二个临时住所。临皋亭是北宋时期的驿站，按照当时的规定，受贬官员无资格居住在官舍中。苏东坡之所以能迁居临皋亭，还是靠两位好友——黄州和武昌的太守从中疏通。故在迁居之后，苏东坡给太守写了封感谢信："已迁居江上临皋亭，甚清旷，风晨月夕，杖履野步，酌江水饮之，皆公恩庇之余波。想味风义，以慰孤寂。"

北宋元丰四年（1081）苏东坡四十五岁，恰处于人生中心灵成熟，慢慢沉淀平稳的阶段。月夜，一个人坐在临皋亭，想起过往，苏东坡感慨良多，"追思曩时，真一梦也"，追忆过去的时光和经历，真像是一场梦啊。

北宋元丰五年（1082）九月的一天，苏东坡又和朋友相约喝酒，推杯换盏之后，独自醉返临皋亭。此时已是半夜三更，家童已经熟睡，苏东坡敲门，家童没有听到，苏东坡只好孤零零一个人站在长江边，听江涛拍岸，伴随着阵阵涛声，他思绪良多，写出了那首著名的《临江仙·夜归临皋》：

夜饮东坡醒复醉，归来仿佛三更。
家童鼻息已雷鸣。敲门都不应，倚杖听江声。
长恨此身非我有，何时忘却营营？
夜阑风静縠纹平。小舟从此逝，江海寄余生。

　　一个人站在江边，在苍茫的月色下，听江水波涛的声音，被贬黄州之后人生的种种困顿与不如意，一齐涌上心头。"长恨此身非我有，何时忘却营营？"长恨身在宦途，我已身不由己。什么时候才能够忘却追逐功名？于是苏东坡不禁发出这样的感慨："小舟从此逝，江海寄余生。"夜深了，风渐渐停了，江水的波涛也渐渐平息了，真想驾着一叶轻舟，躲开这些尘世喧嚣，在江河湖海中度过我的余生啊！

　　有一位哲人说："苏轼一生并未退隐，也从未真正归田，但他通过诗文所表达出来的那种人生空漠之感，却比前人任何口头上或事实上的退隐归田遁世要更深刻更沉重。"我觉得此时的苏东坡可以说是真的归隐了，只是他寻求的是一种心灵的归隐，他已经在世事的纠葛当中找到一种心灵的解脱，让心像一叶小舟，自由自在地漂浮在江海之上，不再受功名利禄、尘世喧嚣的束缚。

　　贬谪黄州，对苏轼而言，是人生的一个挫折，也是他人生的一个转折点。世间的一切苦都是一种磨砺，黄州之前他是苏轼，之后便是名满天下的苏东坡了。

　　此时的苏轼遇上黄州是幸运的，而黄州遇上苏东坡更是幸运的。

虎丘夜游

几乎每一个来过苏州的人，都去过一次虎丘。

苏轼也不例外。

北宋熙宁四年（1071）夏，苏轼从京城出发前往杭州赴任，一路南下，到达苏州时已然仲冬时节。在苏州停留的日子里，苏轼曾前往虎丘游玩。这是苏轼第一次游虎丘，后来多次到苏州，又去过虎丘，还写过一篇《虎丘寺》：

入门无平田，石路穿细岭。阴风生涧壑，古木翳潭井。
湛卢谁复见，秋水光耿耿。铁花秀岩壁，杀气噤蛙黾。
幽幽生公堂，左右立顽矿。当年或未信，异类服精猛。
胡为百岁后，仙鬼互驰骋。窈然留新诗，读者为悲哽。
东轩有佳致，云水丽千顷。熙熙览生物，春意颇凄冷。
我来属无事，暖日相与永。喜鹊翻初旦，愁鸢蹲落景。

坐见渔樵还，新月溪上影。悟彼良自哈，归田行可请。

如果你现在去游览虎丘，还能看到苏东坡的踪迹，在第三泉旁有岩如削，就是因诗中有"铁华秀岩壁"而取名为"铁华岩"；虎丘最高处为著名景点"千顷云阁"，也是取自该诗中"云水丽千顷"句；在小吴轩的西侧，还有一座令人肃然起敬的"仰苏楼"。其实最重要的是苏轼来苏州还说过"过姑苏，不游虎丘，不谒闾邱，乃二欠事"，后来演变成世人皆知的"到苏州而不游虎丘，乃憾事也。"

不过，就像晴湖不如雨湖，我一直觉得白天的虎丘没有夜晚的虎丘那么有意境。秋天的夜晚坐在虎丘山顶的钓月矶上，天色昏暗，无人来往，只有佛塔的风铃之声与佛灯在静夜之中若隐若现，此时虎丘仿佛就是属于自己的。明代文人李流芳所写的一篇小品《游虎丘小记》，记述了他两度游虎丘的感受，对夜游虎丘同样是赞不绝口。

予初十日到郡，连夜游虎丘，月色甚美，游人尚稀，风亭月榭间，以红粉笙歌一两队点缀，亦复不恶。然终不若山空人静，独往会心。

尝秋夜坐钓月矶，昏黑无往来，时闻风铎，及佛灯隐现林梢而已。

又今年春中，与无际偕访仲和于此。夜半月出无人，相与跌坐石台，不复饮酒，亦不复谈，以静意对之，觉悠悠欲与清景俱往也。

生平过虎丘才两度，见虎丘本色耳。友人徐声远诗云："独有岁寒好，偏宜夜半游。"真知言哉！

喜欢夜游虎丘的不止李流芳，还有明代"公安派"的代表人物袁宏道，他在吴县做过县令，但他和李流芳喜好不一样，李流芳感觉人多太闹，他倒是很喜欢中秋之夜游玩虎丘。

在夜游了虎丘之后，他也写了一篇《虎丘记》："凡月之夜，花之晨，雪之夕，游人往来，纷错如织，而中秋为尤胜。每至是日，倾城阖户，连臂而至。衣冠士女，下迨蔀屋，莫不靓妆丽服，重茵累席，置酒交衢间。"就像袁宏道说的那样，凡是有月亮的夜晚、开花季节的早晨、下雪天的黄昏，游人来往穿梭，犹如织布一样，而以中秋最为热闹。每到这一天，苏州全城闭户，士大夫乡绅、大家妇女，以至平民百姓，全都涂脂抹粉，鲜衣美服，重重叠叠地铺设席毡，将酒肴摆在大路中间。

现在想来，花好月圆之夜，苏州城里的才子佳人成群结队坐船或乘轿到山塘街集中夜游虎丘，席地而坐，喝酒聊天，这是多么美妙的景致。

虎丘夜游风尚，最初随沈周、唐寅等才子发端，历经岁月，渐渐形成了气候，并有了一定的规律。随着越来越多的人参与其中，夜游虎丘不再是文人的专属，而成为大众流行风尚。

每逢中秋佳节，文人雅士、曲词名家、昆曲艺人及诸多百姓都自发云集虎丘，吟咏较艺、竞技演唱，被称作虎丘曲会。大众喜爱的虎丘夜游与文人不同，他们追求的是热闹的虎丘曲会。现在的虎丘曲会已没有当年的盛况，但是夜游虎丘依然充满情调，就像明朝李流芳一样，我也有一次难忘的虎丘夜游经历。

乘着夜风，光影交错间，赴一场虎丘千年之约。从虎丘南门开始，暮色渐浓，明月初现，穿过灯影交错的海涌桥，瞬间从现代穿越回两千五百年前的姑苏城。光影斑驳的断梁殿四周墙上镌刻了无数文人墨客的诗句与奇闻，在憨憨泉前大喊一声，千年泉水涌动喷发，在枕石上掷一枚石头，做一回唐伯虎枕石美梦。

其实那个夜晚，最让我难忘的是我和她一起站在虎丘塔下，绚烂了千年的虎丘塔，流光溢彩奇幻绽放，塔身的灯光直指苍

穹，惊艳整个夜空。在这座古塔前，我有一种莫名的历史穿越
感，时光沉淀中塔已有微微的倾斜，或许空中的飞鸟送给了它几
粒种子，如今塔的侧边伸出一枝新绿。当年苏轼游虎丘时，也与
我一样站在这里，而我们看到的是同一座塔，面对千年的砖塔，
我许下一个愿望……

妾住在横塘

君家何处住，妾住在横塘。
停船暂借问，或恐是同乡。

这阡陌红尘中最迷人的地方就在于，这世界上那么多人，你却永远不知道下一刻，在下一个什么地方，会有某个人，于千万年之中，没有早一步，也没有晚一步，恰好与你重逢。

两条小船，悠悠行在江心，一条船上有一位温婉清丽的姑娘，另一条船上站着一个风神俊朗的男子。就在两只小船相遇的刹那，她转身一眼望见他，她心中一动。江南的水乡，总是容易生发爱情。姑娘不想就此错过，但是又怯于直接追求，再说唐朝那时候也没办法加个微信呀，就像上学时数学书里的两船相遇，对姑娘来说，这是个难题。她只有鼓了又鼓勇气，大胆问了一句："唉，你家住哪里呀？"问完话之后，又怕问得太过唐突，也

是更想拉近两人的关系，她紧接着就告诉对面的英俊男子"妾住在横塘"。

然后，她又急急地解释道："听口音，咱们恐怕是同乡吧。"表面上是说明问话的原因，实际上是掩盖少女心中的惶恐，一个娇羞可爱又大胆追求的姑娘如在眼前。女子的脸红，胜过一大段对白，此时男子回头，看着眼前这位犹如金庸笔下阿朱一般温婉而又可人的江南姑娘，肯定会心动吧。

少女心事总是诗，在这一程山水中，人生初见，一句"君家何处住，妾住在横塘"，也许就是爱情最初的样子。

这里的横塘，在金陵。

不过，在苏州，同样也有一个地方叫横塘。

那里也住着一位温婉柔美的江南姑娘。一个午后，身穿罗裙的姑娘与一位宋朝的词人在横塘的路边擦肩而过。这世间所有的遇见，都像是一场温暖的久别重逢，也许只是在人群中多看了一眼，于是便成就了一段传奇。那是一年暮春，退居苏州盘门外横塘的贺铸，在最失意落寞的时候，偶然地在门前，遇到了一个"凌波微步，罗袜生尘"的窈窕佳人，美人的脚步在门前匆匆走过，他静静地站在那儿，像门前的一棵树，遥遥地目送她飘然远去，渐行渐远。

一位陌生的美人与他擦肩而过，她那杨柳般的婀娜身形，海棠般的娇羞姿态，虽然只是惊鸿一瞥，却让他神魂颠倒。遥想着眼前这位佳人的去处，究竟是那月下桥边的花院，还是那装满花窗的朱门大户？都无从了解，估计也只有春风才能知道。是谁那么幸运，能够陪伴在她身边？

她迈着轻盈的步伐匆匆走过，她的背影触动了他的心灵，贺铸也只能从那一片芳尘之中追寻她的踪迹，梦想着有那么一天，还能再相见。在这种牵肠挂肚的思念、心驰神往的期盼中，所有的相思都化作一首《青玉案》：

凌波不过横塘路，但目送、芳尘去。
锦瑟华年谁与度？月桥花院，琐窗朱户，只有春知处。
碧云冉冉蘅皋暮，彩笔新题断肠句。
试问闲愁都几许？一川烟草，满城风絮，梅子黄时雨。

人生就是这样，有的时候，初遇时的惊鸿一瞥，最是令人念念不忘。"有美一人，清扬婉兮。邂逅相遇，适我愿兮。"只是因为一次回眸看到了你，从此再无良辰美景、赏心乐事，所见都是思，所想都是念。要问这思念的愁绪有多少？就像那远方烟雨迷离中漫无边际的萋萋芳草，就像那初春季节漫天飞舞的绵绵柳絮，就像那梅子黄时古城巷子里连绵不断的丝丝细雨。

有宋一朝，词坛群星闪耀，名家辈出。如果说一个词人，能够以一语之工惊艳一时、倾倒一世的倒真不是很多，有"红杏枝头春意闹"的红杏尚书宋祁，有"云破月来花弄影"的张三影张先，这其中，自然更是少不了"一川烟草，满城风絮，梅子黄时雨"的贺梅子贺铸。

因为等不到佳人，所以贺铸的闲愁化作了一川烟草、满城风絮和那黄梅时节的雨。于是，他的外号也就从"贺鬼头"变成"贺梅子"。书上说他"长七尺，面铁色，眉目耸拔"。陆游对他的容颜更是毫不掩饰，"贺方回状貌奇丑，色青黑而有英气，俗谓之贺鬼头"。

没有好看的容颜，那么，就让他拥有盖世的才华，就像新东方的主播董老师所说的那样，"命运给我了一张颗粒无收的脸庞，知识却给了我五谷丰登的灵魂"。黄庭坚更是写诗寄给贺铸，毫不保留地称赞道："少游醉卧古藤下，谁与愁眉唱一杯。解作江南断肠句，只今唯有贺方回。"当时秦观已逝，在黄庭坚看来，能写"闲愁"的高手，也只有贺方回了。

　　贺铸字方回，原是山阴人，后来退居姑苏醋坊桥，或许是因为横塘远离尘嚣，便在那里盖了一座房子，因此，贺铸常常驾船走水路经盘门去往横塘。贺铸遇到的那位佳人，含情不语从门前经过，想必佳人也是"妾住在横塘"，抑或是来横塘送别远行的客人。

　　横塘在苏州吴县西南十里，历史悠久，素以江南水乡、田园风光、吴越遗迹著称，明朝文人李流芳也对横塘印象颇深，他在《江南卧游册题词》里写道："横塘，山夷水旷，溪桥映带村落间，颇不乏致。予每过此，觉城市渐远，湖山可亲，意思豁然，风日亦为晴朗。"另因商贾云集，设驿站，久负盛名，不少离苏的人们也会选择于此乘船，因此横塘之于苏州就像灞桥之于长安城一般。

　　驿站送别，在古时是常见的雅事。苏州旧时拥有不少上规模的名驿，如望亭驿、横塘驿、松陵驿等。然而，随着岁月的变迁，驿站逐渐退出了历史舞台。如果你现在去横塘古驿，找起来要花点工夫，在唐寅园边的一条巷子里，沿着杂草丛生的泥泞小路一直向前走，走到运河边，就到了横塘驿站。

　　原本人来人往的横塘路现在也已淹没在杂草之中，驿站只剩下孤零零的一座亭子顽强撑立在荒野之中。这亭子原本是驿站的大门，门前有一副对联："客到烹茶旅舍权当东道，灯悬待月邮亭远映胥江。"身后原本应该还有旅舍、马房等很多建筑，如今楼、庑、台等已杳无踪迹，不远处，一座古桥与古驿亭相对而望。

　　驿亭上，一把锈蚀的铜锁挂在历史的门口，断桥残亭，荒烟蔓草，遥想当年繁华，眼前破落颓败的景象让你对人生、对历史充满深深的敬畏和震撼。站在驿站亭子的窗前，看着穿梭过往的船只，听着一声声的鸣笛，古往今来的是是非非，随着河水的缓缓流动已成为历史，唯有小小的驿站，依然静静地坚守着这岸边荒野之地。许许多多游子异乡漂泊的记忆，许许多多跟苏州有关的人生段落的起始，都淹没在这驿站的暮色里。

为横塘驿留下最美瞬间的是那位佳人与才子贺铸的相遇，没有只言片语，只是匆匆而过，但那茫茫人海不期而遇的美好，却历经岁月淘洗，在每个人心里泛起阵阵涟漪。

也许每一个人都渴望在这一程山水之中，遇见美好和爱情。

楞伽山下

在贺铸离去半个多世纪后，南宋另一位著名的诗人也悄悄驾一叶扁舟退隐于江湖。这日，他经过横塘，初秋的景色令他诗兴大发，提笔写下一首诗：

一川新涨熨秋光，挂起篷窗受晚凉。
杨柳无穷蝉不尽，好风将梦过横塘。

这位诗人就是范成大。过了横塘，就到了石湖，范成大魂牵梦绕的地方。范成大隐居石湖之后，其好友杨万里、姜夔等人纷纷来访，来者复又去，范成大同样经常于横塘驿站送别好友，因此也有"年年送客横塘路，细雨垂柳系画船"的咏叹。

春天里，胥江边，碧绿的江水已经涨满，那横卧江上的石桥，高耸的红塔，还是旧时的模样。每年都在这横塘送客，眼前总是这熟悉的一幕：天空下着细雨，杨柳依依，水边停泊着画船，依依惜别之意自不待言。依依不舍送别完远行的客人，范成大又一个人回到石湖。无论是日常返乡，还是遭遇弹劾，范成大只要来到石湖，就会沉醉于石湖的湖光山色中。而这一次，他真正隐居下来了，无论外面时局多么动荡，世事多么起伏，他都要在这里安度余生了。

闲下来的时候，他会和友人荡舟石湖，尽享逍遥人生。有一年中秋，月光如水，多年漂泊在外的范成大，终于可以在石湖和家人朋友纵情欢乐，正如他在《中秋泛石湖记》所记录的那样，快乐逍遥，无法忘怀：

淳熙己亥中秋，至先、至能自越来溪下石湖，纵舟所如，忘路远近，约略在洞庭、垂虹之间。天容水镜，光烂一色。四维上下，与月无际。风露温美，如春始和，醉梦飘然，不知夜如何其。惟有东方大星，欲度蓬背，自后不复记忆。坐客或有能赋之者，张子震、马伊、郑公玉、章舜元，客也。

家人旧友，欢聚一堂，从容觞咏，幽游湖间，这样的中秋之夜，既契合范成大的诗人身份，也契合他归隐湖山的梦想。然而，对于宦海沉浮游历四方的范成大来说，中秋节的那轮明月，一生中的多半时间都是悬挂在异乡的夜空的。这样的人生际遇，让他对中秋有了别样的体味。纵观范成大一生，也算是跌宕起伏，他生于金宋频繁交战的年代，南宋偏安一隅，范成大注定要面对一个风雨飘摇的朝堂。

在当时，大批的文人因生不逢时而面临不幸，怀才难遇，大多湮没在乱世的尘埃之中。而范成大是幸运的，入仕之后，得到宋孝宗的赏识，尤其是顺利出使金国修改已签条约，忠肝义胆，美名传遍天下。

　　三十余年宦途沉浮，心境愈加开阔，也变得更加从容，终于在晚年，放下一切回归田园，历经世事，再回首，才知道清欢才是人生的真谛。

　　可以说是石湖选择了范成大，也是范成大选择了石湖。范成大对石湖是偏爱的，他说："凡游吴而不至石湖、不登行春，则与未始游者无异。"苏轼是更喜欢西湖的，范成大却独爱石湖。"杭州有西湖之美，苏州有石湖之胜。"西湖如美目盈盈，站在西湖边，绵延的西湖群山勾勒出优雅的眉线，而始建于一千多年前的保俶塔那一尖，仿佛眉间的一点花钿。西湖有保俶塔，而石湖有楞伽塔。上方山，其实又名楞伽山，山下有楞伽寺，山上的塔就是楞伽塔。一千多年来楞伽塔始终昂然于石湖清风、绵山朝霞之中，见证着一座古城的沧桑巨变，有了傲立山巅的楞伽塔，整个石湖就灵动起来了。

　　从上方山走下来到石湖，石湖宛如婀娜的姑苏小娘鱼（苏州方言，苏州小姑娘之意），宁静而淡然，连同她身后黛色如烟的上方山，以及与之交相辉映的塔影、画桥和村居，构成一幅精致典雅的山水园林画卷。清乾隆十六年（1751）乾隆帝第一次南巡幸临石湖，赞道："楞伽山半泮烟轻，行春桥下春波媚。"后来乾隆每次南巡，石湖是必到的地方。他坐过石湖的船，听过楞伽寺的钟声，为海潮寺题了匾额，当然也不会错过上方山。自石湖的茶磨屿南下，有一条上山的小径，蜿蜒经过郊台，这就是御道。

　　从楞伽寺往南，藏着一座鲜有人知的园林，那就是"石湖梅圃"，内有梅溪精舍、玲珑馆、醉石山房等仿古建筑，构成了独特的山地建筑景观群，这里就曾经是范成大隐居的地方。不仅如此，他还在石湖边上放下身份，下田耕作，和当地的农民一起享受劳作的愉悦与欢乐，并写下《四时田园杂兴》组诗。

　　春天，他悠闲，"坐睡觉来无一事，满窗晴日看蚕生。"

　　夏天，他欢喜，"梅子金黄杏子肥，麦花雪白菜花稀。"

秋天，他得意，"身外水天银一色，城中有此月明无。"

冬天，他文雅，"探梅公子款柴门，枝北枝南总未春。"

范成大在石湖之畔种梅、养菊、会友、写诗，把细腻的笔触投向静谧的山林和悠闲的田野，在这里，度过了一生中最为平静从容又风雅有致的日子。

小红低唱我吹箫

北宋元祐三年（1088）九月，米芾应湖州知州林希邀请，赴太湖近郊的苕溪游览。临行前，林希取出珍藏多年的蜀素一卷，请他题写诗文。蜀素是北宋时蜀地生产的一种质地精良的丝绸织物，这件蜀素传了三代，一直无人敢落笔，后被林希收藏。看到这件精美的蜀素，米芾虽受友人之邀游玩却当仁不让，自信挥毫，写得随意自如，清劲飞动，如鱼得水般在上面一口气题了八首诗，这就是被誉为"中华第一美帖"的《蜀素帖》。

《蜀素帖》是米芾唯一一件写在丝织品上的作品，在这幅珍贵的《蜀素帖》中，记录的都是米芾此次太湖游的心得体会，其中有一首诗，诗名是《吴江垂虹亭》。

断云一片洞庭帆，玉破鲈鱼金破柑。

好作新诗继桑苎，垂虹秋色满东南。

泛泛五湖霜气清，漫漫不辨水天形。

何须织女支机石，且戏嫦娥称客星。

擅长作画的米芾用诗而非画笔来描绘垂虹盛景，也许在他眼里，他的画布太小太拙，画不出一幅水天一色、湖光桥影的吴江秋色图，一句"垂虹秋色满东南"，更是一语概括垂虹美景，而名留千古。

隐居石湖的范成大曾经整理过一本《吴郡志·桥梁》，其中记载："利往桥，即吴江长桥也。北宋庆历八年（1048），县尉王廷坚所建。有亭曰垂虹，而世并以名桥。"利往桥也就是垂虹桥，位于吴江松陵东，旧时素以"江南第一长桥"闻名。整座桥环如半月，长若垂虹，横卧碧波，三起三伏，蜿蜒如龙，桥心有亭，翼然而立，被誉为三吴绝景，独步江南。垂虹桥之于吴江的最大特点，在于它是唯一贯穿于整个吴江千年历史的标志性人文景观。因其地理位置的优越——地处运河与太湖的交汇点，经运河可达嘉兴、杭州，过垂虹入太湖可至湖州，是南来北往水路交通的必经之所。垂虹桥建成以后，苏州文人送客南下远行都要坐船送到垂虹桥畔才依依惜别，这里便也成了文人雅士们的游览胜地。

历代文人途经垂虹桥无不吟诗作画，赞叹不绝，垂虹桥也随之名闻天下。除了米芾，还有苏轼、陆游、杨万里、姜夔、唐寅、文徵明等，这其中杨万里、姜夔作为范成大的多年好友，经常来石湖看望他，走水路便经常会路过垂虹桥。有一次，杨万里在回江西老家时专程停留在苏州，与范成大同游石湖，度过了一段诗意的美好时光。游完石湖，杨万里还写了《从范至能参政游石湖精舍坐间走笔二首》，诗中专门提到了垂虹桥：

震泽分波入，垂虹隔水看。

何须小风起，生怕牡丹寒。

……

　　这里的范至能就是范成大，因为他字至能，号石湖居士。范成大与杨万里为同年进士。范成大同样也写了《次韵同年杨使君回自毗陵同泛石湖舟中见赠三首》回赠杨万里。范成大白天陪着他闲逛石湖，一览山水美景，诗词唱和，晚上则秉烛夜谈，抵足而眠，留下一段诗坛佳话。

　　也正是在杨万里的推荐下，姜夔也来到了石湖，持诗拜见范成大，两人一见如故，范成大特别喜欢这个比他小二十多岁的诗人，有一种"相见恨晚"的感觉。一个是曾居庙堂之高的朝廷重臣，一个是处江湖之远的旷世才子，这两个看上去人生轨迹截然不同的人物，却因为诗词走到了一起，结为知己。

　　因为住在湖州，离得比较近，姜夔可以说是造访石湖较多的一位文人。南宋绍熙二年（1191 年），姜夔冒雪复来石湖，停留了一个多月的时间。现在想来，姜夔踏雪访友，温一壶酒，赏梅写诗，那是多么风雅的日月啊。望着远处的湖光山色，看着眼前美丽的梅花，姜夔诗兴大发，对着梅花即兴填了《暗香》《疏影》两首咏梅词，并让好朋友范成大过目：

暗香

旧时月色，算几番照我，梅边吹笛？
唤起玉人，不管清寒与攀摘。何逊而今渐老，
都忘却春风词笔。但怪得竹外疏花，香冷入瑶席。
江国，正寂寂，叹寄与路遥，夜雪初积。
翠尊易泣，红萼无言耿相忆。
长记曾携手处，千树压、西湖寒碧。

又片片、吹尽也，几时见得？

疏影

苔枝缀玉，有翠禽小小，枝上同宿。

客里相逢，篱角黄昏，无言自倚修竹。

昭君不惯胡沙远，但暗忆、江南江北。

想佩环、月夜归来，化作此花幽独。

犹记深宫旧事，

那人正睡里，飞近蛾绿。

莫似春风，不管盈盈，早与安排金屋。

还教一片随波去，又却怨、玉龙哀曲。

等恁时、重觅幽香，已入小窗横幅。

　　范成大看了以后，对姜夔的词赞不绝口。《暗香》《疏影》可以算是姜夔的代表作品，也是宋代咏梅词的名篇，历来好评如潮。宋末著名词人张炎评论姜夔的这两首词："词之赋梅，惟姜白石《暗香》《疏影》二曲，前无古人，后无来者，自立新意，真为绝唱。"

　　姜夔的《暗香》《疏影》深得范成大喜欢，遂让家中的乐工和歌女演奏。其中，歌女小红特别喜欢这两首词，唱得甚是深情，清空的意境，悦耳的歌喉，优美的旋律，引来全场赞叹。姜夔在范成大的家里住了一个来月，得闲便教小红唱曲。一来二去，两人暗生情愫。是年除夕之夜，姜夔要返回湖州，范成大顿生成人之美之意，将小红嫁与姜夔做妾。

　　姜夔抱得美人归，携小红从石湖登舟启程，途经吴江垂虹桥时，眼看湖面浩渺，天地寂静，姜夔吹奏洞箫，小红浅吟低唱，煞是惹人怜爱。在箫声与歌声中，小船载着他们驶过一生中最美

的一段旅程。小红也许不是姜夔此生最爱的人，但却是与他走过最浪漫行程的人，陪他度过人生中最快意时光的人。虽然姜夔也曾热切渴盼有个一官半职，也曾努力过，当一切努力化为泡影的时候，他最终认命了，一个人靠自己的才能奔走于官场之中，靠当个幕僚、靠朋友的感情资助混口饭吃。尝遍人间疾苦，孤独已久的姜夔触景生情，百感交集，写下一首《过垂虹》：

> 自作新词韵最娇，小红低唱我吹箫。
> 曲终过尽松陵路，回首烟波十四桥。

　　一只小船，一支新曲，小红低低地唱着，姜夔吹箫相和，路过垂虹，留下最美的时光。自此以后，姜夔谱曲，小红吟唱，传为佳话。只可惜，姜夔与小红情深缘浅。几年后，小红忍受不了清贫漂泊的生活，离他而去。

　　如今，近千年过去了，垂虹桥已成断桥，各自守望两端，断桥处的河面，静静流淌着人们记忆深处的乡愁。

　　今天，走在桥边，我们仿佛依然能看到一个书生的身影、一个娇美的歌姬，又仿佛听到一曲新谱的词曲，从太湖随波逐流的一叶扁舟上，袅袅传来，绵绵不绝。

遇见文山寺

　　在没有来苏州之前，我一直觉得苏州的园林景点名字很有趣。虎丘大概是去看老虎的，狮子林估计可以去看狮子，事实上"虎丘并无虎，狮林更无狮"，就算虎丘山上曾经有吊睛白虎，那也是很久很久以前的事情了。可以肯定的是，狮子林里真没有狮子，不过，狮子林是真有趣。

　　这可不是我一个人觉得，当年乾隆帝来过，也是这么说的，还专门题写了一个匾，只是有人觉得皇帝不能这么直白，就把"真有趣"改成"真趣"挂在狮子林里。

　　不过，我每次去狮子林，大都是因为远方的亲戚朋友来苏州，我作为地陪陪同游览参观。我只是觉得里面好多假山绕来绕去，迷宫一样，怎么也绕不出来，亲戚朋友的孩子们都会喜欢，所以狮子林可以说是每次客来必去，不过，就这样，我应该也没乾隆去的次数多。

　　狮子林里面还有个御碑亭，里面有一首乾隆的诗，这不奇怪，他来了那么多次，如果只写一首诗那才是真奇怪。让我更奇怪的是，有一次我没有陪远方的亲戚朋友家孩子们钻假山，一个人在园子里等他们，我竟然看到一个亭子，亭中高悬"正气凛然"四个大字，亭内碑刻是一幅狂草。上几次怎么没在意？仔细看了看边上的介绍，竟然是文天祥狂草手迹《梅花诗》："静虚群动息，身雅一心清。春色凭谁记，梅花插座瓶。"

　　这首诗的意思是，就让那些是非纷扰的念头都安静平息下来吧，自身做到正直高雅，为人就能清澈如水。就好比凭谁能记取春色？无需待到桃李芬芳，插在座瓶中的这一枝梅花，就已足够。文天祥在率众抗敌直至后来被俘囚禁期间，写下很多慷慨之作，但这首《梅花诗》，反而恬淡超然，意味隽永。诗人借梅咏怀，置生死于度外，读罢令人只觉一股凛然正气浩然于天地之间。

　　我很纳闷，这样一个园林里面，怎么会有文天祥的诗句？文天祥肯定不曾来过狮子林，因为他是南宋的抗元英雄，狮子林是元朝后才开始建造的。难道文天祥来过苏州？

　　我静静地等着有导游经过这个亭子，我倒很想听听导游是怎么介绍的。我发现，每一个经过这里的导游，都背了一句"人生自古谁无死，留取丹心照汗青"，然后对游客说，就是那个文天祥，再然后就走了。

　　后来，亲戚朋友来苏州，都喜欢去金鸡湖了，我就再也没去过狮子林，也就忘记这事了。直到有一天，陪女朋友去桃花坞，出租车师傅怕路堵，还没到桃花坞，刚到中街路就把我们放下了。女朋友倒无所谓，刚好可以四处走走，她跟我一样，不喜欢去人多的旅游景点，喜欢在苏州的巷子里自由自在地晃来晃去。

　　拐入中街路不久，西边的小巷内隐隐露出一带黄色的寺墙，在巷子口还看到一帮女尼在聊天，像是在等人。没走几步，就看到黄色的寺墙上写着"文山寺"三个大字。这是我第一次知道，原来苏州还有一个文山寺！以前我只知道寒山寺，这文山寺是何典故，我还真不知道，我和她好奇地往里面走去。

没走多远，就看到门前的牌匾上写着"文山禅寺"，大门没开，从旁边的小门可以买票进去。里面有人在烧香做法事，还有很多女尼忙里忙外，没有人顾得上我们两个人。寺庙不大，尽管藏身深巷但香火挺旺，设施虽已陈旧，但十分洁净清雅。

我们仔细兜了一圈，还在里面绕着佛塔拜了三圈，不经意间走进一个小院，里面挂满女尼晾晒的衣服，抬头门楣上竟然写着"浩然正气"四个大字。寺庙里一般都是"普度众生"之类的牌匾，怎么会有"浩然正气"，很是奇怪。刚巧小院中坐着一个老者，于是上前询问，从他的口中得知，这文山寺竟然和文天祥有关，曾经就是纪念文天祥的祠堂。

文天祥，号文山，他竟然真来过苏州，还在这里做过官。南宋德祐元年（1275）十月，为抵抗元军，朝廷命他兼任平江知府。在指挥与元军的战事中，文天祥把家眷安置在城内一个叫"潮音庵"的尼姑庵里。但文天祥在苏州待了还不到两个月，因为常州和独松关失守，京师告急，他又被紧急召回临安。当时文天祥其实非常犹豫，他上书朝廷表示，平江是东南重镇，如果他离开，平江难保，临安堪忧。果然，在文天祥离开三天后，苏州就沦陷了。

后人为纪念文天祥，在潮音庵旁建了文山寺。文山寺周边，原本还有一所云林庵。今天的文山寺是由潮音庵、云林庵和原文山寺合并而成的，这组建筑的主体本是潮音庵，后来还是改用了文山寺的名字。大雄宝殿前，院落西侧的墙上，还有一些碑刻，除了文山寺的改建记录之外，还有一方文徵明书写的《般若波罗蜜多心经》的石刻。这些文物前，却堆放着许多杂物，连拍照都不好拍，实在令人感到有些可惜。

就在刚刚看到的"浩然正气"四字的对面，原来是文山厅——纪念文天祥的。遗憾的是，厅内原本还有一幅文天祥的画像，后来也不见了。现在挂的是一幅菩萨像，如今的文山寺仍香火不断，但已是纯粹的尼姑庵。

走出文山寺，我和她走在巷子里，忽然发现，原来寺前的这条巷子就叫文丞相弄。这也算是和文天祥有关的又一个纪念地吧。既然文山寺有如此深厚的文化底蕴，真希望这座寺能再度彰显文天祥与它的渊源，让盘桓此处的居民、游客缅怀文天祥的忠烈事迹。

走在巷子里，我想，历史上有多少人，在经历生死之前，信誓旦旦，热泪盈眶。可一到生死大槛上，就畏缩了，但文天祥跨过去了，一旦跨越了生死，便无畏于鬼神，超脱于天地。

那高于天地之上的，便是人心。

第二章

秦淮岸边的苏州故事

乱世中的一朵青莲

芸是公认的我们班最漂亮可爱的女生。

她有着漆黑而明亮的眼睛和一对甜甜的酒窝，追她的男生可以从食堂排到宿舍，不过，她一个都没看上。她不喜欢那种不成熟的小男生，后来，大三的时候，我们发现她和美术系一位讲师好上了。

芸觉得拿着画笔的他，浑身充满了成熟男人的味道。爱情来的时候谁也挡不住，什么都可以不考虑，可终究纸包不住火。有一天，芸发现自己怀孕了，这件事还是被他的老婆知道了，为此闹得我们整个学院沸沸扬扬。

几经周折，男老师净身出户，被停了职，芸毕业前也得了一个处分。不过，她仍然愿意和他在一起，也许外来的压力让她更相信爱情的神圣和来之不易。芸毕业后，他们租房同居，为了生计四处借钱。男老师捣鼓起一个绘画培训班，开始的时候，竞争

太激烈，生意并不好，几乎赚不到什么钱。

他缺钱，就猛抽烟，甚至一边喝酒一边流泪，看得芸心疼不已，每次都把父母给的那点钱拿出来给他。培训班仅有几个学生，越来越入不敷出，美好的憧憬被柴米油盐冲得支离破碎。

而生活总是不肯给人一点喘息之机。一天，芸回来得早，竟然发现他和一个学生的妈妈勾搭在一起。

就这样，芸一个人挺着大肚子，不敢回安徽老家，去了遥远南方的一个小城市的亲戚那里。由于路途奔波，太过劳累，最终流产了，医生说可能会失去生育能力。

再后来，听说芸嫁给了当地一个离过婚的菜馆小老板，每天操劳家里的小生意，日子过得并不十分如意。

芸的全名叫程皖芸。

美好的爱情总让人向往，如飞蛾扑火一般，为了能和爱人在一起愿意做任何努力。"在一切有理智、有天性的生物当中，我们女人是最不幸的。少女时，我们便憧憬能遇见称心的夫君，结婚后能和爱人长相厮守。我们总是把珍贵的爱情看得比性命还重要，从不理会即将降临的灾难和困苦。"在经历了丈夫背叛的锥心疼痛后，古希腊神话里美丽的公主美狄亚噙着泪，一字一句说出了这些话。

就像电影《阿黛尔·雨果的故事》里的主人公，她爱得如此痴狂，如此执迷，任自己在这种巨大的激情中被灼烧得遍体鳞伤。曾经的阿黛尔·雨果美得让人心醉，也美得让人心碎，然而在爱情的潮水将她淹没的时候，灵动消逝了。每个女人面对爱情的时候，都有属于自己的那份特有的勇气，曾经轰轰烈烈，曾经千回百转，曾经沾沾自喜，曾经遍体鳞伤……

程皖芸是，美狄亚是，阿黛尔是，董小宛也是。

董小宛是苏州人，名白，号青莲，她的名号均因仰慕李白而起。她孤高傲世，仿佛是乱世中的一朵青莲，也许内心渴望像李白那样飘逸浪漫，只可惜生在乱世，因家道中落而沦落青楼。清高而多才的董小宛，一在秦淮河畔露面，便受到了文人士子的追捧，艳名远扬。

在这些文人士子之中，有一男子姓冒名襄，字辟疆，如皋人，对冷艳动人的董小宛仰慕已久。冒辟疆也是明末四公子之一，中国人喜欢整理排序，没事整个四大美人、四大名旦啥的，能上明末四公子榜，想来冒辟疆必定有哪个方面让人艳羡不已。冒辟疆自负有才华，但考试运气不佳，六次去南京乡试，六次落第，连举人也没有捞到。在遇到冒辟疆之前，董小宛已经是名满秦淮，色艺双全。

明末清初，历史大潮剧烈翻涌，朝代更迭，兵戈四起。虽在乱世，但当时的江南却另有一派艳靡的景象，秦淮河畔觥筹交错，琴瑟箫笛依旧。当时的冒辟疆早已是秦淮旧院的熟客，与很多青楼女子交往甚密。青年才俊借助往来南京参加乡试的机会，流连于烟花柳巷之间，也可以算是当时流行的社会风气。

当时清高淡泊的董小宛，并不十分喜欢秦淮河上笙歌燕舞、纸醉金迷、迎来送往的生活，她经常陪客人外出游山玩水。冒辟疆早就听闻董小宛才色双绝，一直想找机会相见，数次寻访都没有见到。

直到有一次，冒辟疆又从如皋来到苏州游玩，在离开苏州前，想起董小宛，打听到董小宛近期一直住在苏州，便径直前往苏州半塘的巷子里去找她。刚巧那天，董小宛自外应酬归家，这才终于相见。

董小宛对眼前这位出身名门、才华横溢的公子早有耳闻，只是自己喝了酒，醉眼蒙眬地斜靠在榻上，也无心跟他多说。冒辟疆见董小宛秋波流转，神韵天然，只是此时薄醉未消，"懒慢不交一语"。冒辟疆有点尴尬地坐了不到半个时辰就匆匆离去，就是这半个时辰的初见，使他对董小宛留下了深刻的印象。

　　这一年，董小宛十六岁。不过，那一日匆匆一面，此后几年间两人都没有再相见，各自生活，互不相关。当时的明王朝已成溃乱之势，时局动荡，战争不断。生逢乱世，人如草芥，男人不易，女人更难。

　　待到几年后，他们第二次见面的时候，世事大变。此时，董小宛的母亲去世不久，刚办完丧事，董小宛忧伤难持，病倒床榻。也许生病中的女人是最脆弱的，又接连遭受家庭变故，此时的董小宛孤苦无依，寝食俱废，惊魂不定，她强撑病体与冒辟疆相见。

　　面对楚楚可怜的董小宛，冒辟疆自然是一番嘘寒问暖，这个时候的陪伴和安慰比任何的花言巧语都更有效，更能让女人感动。这无疑让董小宛感到难得的温暖，对冒辟疆遂生爱慕之意，精神也随之好了许多，内心之中也开始有了以身相许的念头。等到第二天，冒辟疆前来辞行，也许得了精神上的温暖，董小宛一夜之间病竟然好了大半，表示想送一送冒辟疆。董小宛靓装鲜衣，登船相随，这一送就送了二十七天，只是这二十七天中，冒辟疆每天都催促董小宛下船，而董小宛却坚持相送。

　　两人由浒关至梁溪、毗陵、阳羡、澄江，抵达北固，一路同行，董小宛对冒辟疆感情日深，面对滔滔不绝的江水，她竟然临江起誓："妾此身如江水东下，断不复返吴门。"冒辟疆也许最初只是把董小宛当作烟花女子，并没有想娶她入门，面对董小宛的痴情，冒辟疆答应科举考试后再行商讨婚姻之事。

　　后来，董小宛回苏州赎身，不料又遇上了麻烦，因名气太大，鸨母不放，冒辟疆也不大愿意出面解决，还是好姐妹柳如是的丈夫钱谦益出面协调，才安排好一切，先帮她还清债务，给她赎了身，然后又从半塘买舟送她到了如皋冒辟疆的家里。

　　历经种种磨难与拒绝，董小宛终于如愿嫁与冒辟疆为妾。董小宛初入冒家，与上上下下相处极和谐，但宁静和谐的家庭生活

　　刚过一年，李自成便攻占北京，随后清兵入关，冒家险遭劫难。董小宛随夫逃难，战乱过后，家产丢尽，冒家辗转回到家园，缺米少柴，日子十分艰难，幸有董小宛精打细算，才勉强维持全家生活。

　　无论怎样变化，董小宛对丈夫冒辟疆的照顾都是无微不至的。冒辟疆闲居在家，潜心考证古籍、著书立说，董小宛则在一旁送茶燃烛、红袖添香，有时也帮着查考资料、抄写书稿。丈夫疲惫时，她则弹一曲古筝，消闲解闷。冒辟疆病了，董小宛更是尽心尽力，可以说，董小宛是他困了时候的枕头，冷了时候的衣被，疼痛时候的安慰剂……董小宛的细致周到，超出常人之想象。

　　董小宛身体本虚弱，常年操持家务再加上辛苦照料丈夫，一病不起，冒家多方寻医问药，皆无成效。已在冒家做了九年贤妾良妇的董小宛，在日复一日的操劳之中如灯油耗尽，随风而逝。冒辟疆与董小宛的爱情更多的是源于董小宛的全心付出。董小宛主动出击，一生痴情，二十七岁的青春年华，就这样凋零，才子佳人的爱情故事最终以悲剧结束，令人扼腕叹息。

　　回忆起这段爱情，冒辟疆悲伤不已，把这段经历都写在了《影梅庵忆语》之中，情真意切，哀艳动人，也许他是在董小宛离开以后，才真正爱上她的吧。

白云出岫

　　"有你的日子，就是我要过的日子"，这种相濡以沫、长久陪伴的爱情是每个人心之所向，人人都希望自己可以像童话故事里的主人公一样收获自己的爱情，在有生之年遇到一个深爱的人，一同享受每天的阳光、微风、雨露。

　　秦茹风是我们班同学中年龄最小的女生。她的家在潮州，家境条件很好，还有两个哥哥，她尽得全家人的宠爱，像个公主。她喜欢和别人不一样，喜欢活在自己的世界里，从来不盲目从众，从来不随波逐流，一直都是按照自己喜欢的方式生活。

　　高中的时候就有一个男生喜欢她，一路追到大学，不过她没正眼看过人家，男生在女生宿舍前摆蜡烛阵求爱，她都不搭理，还打电话去保卫处报告。所以，后来当她和我们班那个西部山区来的穷小子恋爱时，我们一点也不惊讶。

　　她就是喜欢让别人料想不到。那个男生黑黑瘦瘦的，大部分时间穿着同一件的衣服。他平时不大和我们说话，我们倒总是听秦茹风给我们讲山区的生活习惯、风土人情。她也乐意每天陪他一起去食堂收盘子勤工俭学。毕业后我们又没料到，娇小玲珑的她不顾家人的强烈反对，竟然真的跟着那个男孩去了西部山区农村。

"世界那么大，我只要和你在一起"，她始终是爱情至上的。艰苦的条件没难倒他们，他们在山里老家的茅草房里举行了婚礼。家里人最终也拗不过，还是心疼她，最后也只能接受这段婚姻。一段时间后，家人还是让他们回到自家企业里帮忙，那个男生帮她的哥哥打理一家公司。

童话故事也许真的都是骗人的，公主本是应该嫁给王子的，穷小子的爱情只是听起来很是浪漫。在秦茹风怀孕的时候，他竟然和公司前台偷偷好上了，直到有一天忘记删除的微信被她无意间发现，而那个前台小姑娘也已经怀孕了。

激烈的争吵和长时间冷战，折磨得秦茹风心力交瘁，在去医院检查的路上，被汽车撞倒在血泊中。

孩子是没有了，她的左腿也被撞断了。医生说，就算恢复得很好，也会落下残疾。

"世间多是痴情女子薄情郎，是我痴心，怨不得你薄情。"这句话也不知道最初是哪个女子说的，但我知道秦茹风躺在病床上签离婚协议的时候说过，陈圆圆在彻底失望离开冒辟疆的时候也应该会说吧。作为秦淮八艳之一的陈圆圆，不仅是容貌出众、才艺过人，一句"恸哭六军俱缟素，冲冠一怒为红颜"，更让她在秦淮八艳之中艳压群芳。

陈圆圆曾经住在苏州桃花坞的一个巷子里，从小就被卖进梨园学戏，天生拥有一副得天独厚的好嗓子，之后更是靠着唱戏成为江南一带的名角，引得无数公子哥为之倾心。在《碧血剑》中，陈圆圆一出场，"每个人和她眼波一触，都如全身浸在暖洋

洋的温水中一般，说不出的舒服受用"。

冒辟疆在《影梅庵忆语》里，除了满怀深情地回忆董小宛的点点滴滴，还顺便记述了他和陈圆圆的爱情。冒辟疆长相出众，仪表堂堂，家世又好，谈吐间尽显儒雅气质，举止间全是绅士风度，可以说，冒辟疆是陈圆圆真心想嫁的第一个男人。

如果陈圆圆不被掳走，也许就没有董小宛的故事了，人生的际遇就是如此。多次想见董小宛的冒辟疆，终于在一个夜晚，和董小宛相遇，只是佳人薄醉未消，不大愿意和他说话，冒辟疆坐了不到半个时辰就匆匆离去了。这一别就是三年左右，在这段时间里，董小宛四处游山玩水，冒辟疆是想去找董小宛的，可是总是碰不上，这时又在朋友的撺掇下，认识了另外一位绝世佳人，并定了婚约，这个人就是同为秦淮八艳、搅得晚明风起云涌的陈圆圆。

《影梅庵忆语》里这样描述他们的第一次相遇："辛巳早春，余省觐去衡岳，由浙路往，过半塘讯姬，则仍滞黄山。许忠节公赴粤任，与余联舟行。偶一日，赴饮归，谓余曰：'此中有陈姬某，擅梨园之胜，不可不见。'……是日演弋腔《红梅》以燕俗之剧，咿呀啁哳之调，乃出之陈姬身回，如云出岫，如珠在盘，令人欲仙欲死。漏下四鼓，风而忽作，必欲驾小舟去。余牵衣订再晤，答云：'光福梅花如冷云万顷，子越旦偕我游否？则有半月淹也。'"

第一次遇见陈圆圆，"如云出岫，如珠在盘，令人欲仙欲死"。好一个欲仙欲死，冒辟疆是真的动了心，他一见陈圆圆就被她浑身通透的灵气给俘虏了，觉得陈圆圆是自己见过最美的、最有气质的女子。眼见陈圆圆含情脉脉地望着自己，二人约好，半个月后同去光福赏梅花，可惜，半月后冒辟疆要去接母亲回乡，二人只好将约会改期。

古代交通不方便，约个会也是半载以后的事情了，冒辟疆入秋后来寻访陈圆圆，却听说陈圆圆在战乱中被豪强抢走了。本以为"佳人难再得"，谁料却是一场虚惊，可能是陈圆圆得到好心人的通报，所以被抢去的是一个假的陈圆圆。冒辟疆闻讯后大喜，立即与朋友前去陈圆圆的躲藏之处探望。幸而逃脱虎口，却已丢了半条命，对于冒辟疆来说，这是一次惊喜的重逢，而对于陈圆圆来说，这次见面意义更为深重。在这乱世之中，她期待能有个安稳的栖身之所，与冒辟疆重逢，她认准了这个人，只是不同于董小宛的直白，她小小地使了一番手段。当冒辟疆回去之后，邀约再次落空时，陈圆圆便精心打扮了亲自上门，不是为见冒辟疆，而是来见冒辟疆的母亲，表达了想嫁入冒家的心愿。

于是冒辟疆又去和陈圆圆见了一面，二人月夜长谈，陈圆圆再次向冒辟疆表白托付终身的愿望。"余此身脱樊笼，欲择人事之。终身可托者，无出君有。适见太恭人如覆春云，如饮甘露，真得所天。子毋辞！"你不要拒绝我！面对冒辟疆，陈圆圆说出这样的话，不承想，冒辟疆的反应与日后对待董小宛时如出一辙，他委婉回绝了。冒辟疆给出的理由是，父亲正陷于军队包围之中，父亲安危未定，他没心思考虑这个事情。陈圆圆却说自己可以等，美人如此痴情，冒辟疆似乎再也无法拒绝，便带着敷衍的语气答应了下来，陈圆圆就"惊喜申嘱，语絮絮不悉记"，冒辟疆为表"赤诚"，"即席作八绝句付之"以为定情信物。

陈圆圆和冒辟疆山盟海誓之后，就满心欢喜等着冒家来接她过门。可是，左等不来，右等也不来，接连去了几封信也没下文，陈圆圆内心悲伤失落至极。冒辟疆终于得闲，依约来寻陈圆圆时，却发现早已是人去楼空，陈圆圆真的被劫走了。

接下来的故事已经是世人皆知，陈圆圆遇上吴三桂，后来在平西王府安定了下来，随着年老色衰，渐渐失宠，从此看破红尘，选择"布衣蔬食，礼佛以毕此生"。

此去柳花如梦里

出差去绍兴，下午没什么事，一个人随便溜达。走过这家"衣小姐的店"时，起初以为是家服装店，一眼看见店内墙角满架的书，才忍不住走了进去。店面不大，很安静，布置得精致素雅，看得出店主人的用心与别致。店内经营各式咖啡、奶茶和各种小点心。

应该是受了厦门"赵小姐的店"的启发吧，而"衣"倒是一个少见的姓，我第一次知道，是一进大学时。我们班有一个女生叫衣奴，一个很江南的女孩子，长长的秀发，眉眼含着淡淡的韵致。我们给她起了个外号叫蚊子，因为她说话声音很轻。

蚊子爱写小说，喜欢把自己写进去：优雅的动作，一头瀑布般的长发，不食人间烟火。毕业一个人去了西部支教，还在那里邂逅了一段浪漫爱情，后来就嫁给了那个当地人。

再后来传来的消息却是，老公有了外遇，无意中被出差回来的蚊子撞见。无论亲人朋友如何苦口婆心劝说，蚊子还是毅然离了婚，辞了职，从贵阳回了浙江上虞老家。

她坚信，死掉的爱情，不值得挽留。

想到这的时候，脑子里突然闪过一个念头。我抬起头看看周围，两个学生模样的服务生正在闲聊。原来这个世界上真的有巧合的事情发生：我正打算起身去问服务员的时候，从后门进来一个熟悉的身影，真的是她！两个人一阵的惊讶狂喜。毕业后就再也没见过，今天竟然以这样的方式在他乡偶遇。多年不见的老同学，有着聊不完的话题，自然也聊到这家小店。

蚊子是用自己离婚分得的钱开了这家店，房子是一个朋友家的老宅。其实主要是为了躲避老爸老妈不停的唠叨和张罗，一个人从上虞县城跑到绍兴市区。想象得出，蚊子的父母发动自己所有的老同事、街坊邻居、七姑八姨，轮番安排相亲，犹如市场菜农守着剩下的几捆青菜，急于出手。

老爸老妈总是说，别太挑剔了，差不多就行了。可蚊子丝毫不为所动，全然不理任何劝说。上一段婚姻活生生告诉她，两个人未必就精彩，在做好充分的准备之前，她不打算再一头扎进婚姻。与其在婚姻里承受诸多风险：三年小痒，七年大痒，冷淡，麻木，背叛……还不如自由自在地独自快乐。

于是从厦门旅行回来，一个人开了这家小店。用她的话说，人生的精彩不在于非要和异性如何波澜壮阔一番吧。或许，她说得对，就像现在，一个人经营着自己的一方小天地，每天看着过路人来了又去，悠然自得。

如果一个人也可以活得很精彩的话，就一直这样也挺好。

可柳如是一个人在钱家的日子并不好过，可以说钱谦益就是柳如是的一堵墙，为柳如是遮挡了钱家所有的风风雨雨，可随着钱谦益的离开，柳如是一个人不得不独自去面对生活的各种磨难。对于柳如是来说，她从来没想过，在这里，一个人的日子如

此难过。

柳如是并不是秦淮八艳中最美貌的那个，可她却是秦淮八艳中个性最鲜明、文采最好的那个。柳如是在明崇祯十三年（1640）十一月一个人乘船去常熟，初次造访钱谦益，并写下一首表达自己内心爱慕和崇敬的诗《庚辰仲冬访牧翁于半野堂奉赠长句》。

> 声名真似汉扶风，妙理玄规更不同。
> 一室茶香开澹黯，千行墨妙破冥濛。
> 竺西瓶拂因缘在，江左风流物论雄。
> 今日沾沾诚御李，东山葱岭莫辞从。

都说女人对男人的爱情，是从崇拜开始的。柳如是在诗里直白地告诉钱谦益，您比东汉大儒马融还要厉害，您最有才华，您最有品位，您最有气度，我好崇拜您！这样一番溢美之词，哪个男人听了不是心花怒放？

女人之所以喜欢大叔，是因为大叔有魅力。成熟的男人会带给女人当下稳重以及未来踏实的感觉，大叔不仅是老骥伏枥以及志在千里，更是大器晚成以及老马识途，更何况钱谦益是明万历三十八年（1610）探花，官至礼部尚书，东林党的领袖。

大叔同样对青春和美貌毫无抵抗力，跟年轻女子在一起，总是让人觉得人生是这么的美好。明崇祯十四年（1641）的六月，钱谦益做了一个惊世骇俗的举动，他以迎娶嫡妻的盛大礼仪举行了隆重的结婚仪式，向世人宣告他和柳如是的婚姻，还为此赋诗。

钱谦益租了一条很豪华的画舫，在船行进过程中，据说岸上的士大夫都往船上扔石头，骂钱谦益有损士大夫的体统、朝廷大臣的威仪，钱谦益却始终面不改色，谈笑自如。扔再多的石头，钱谦益也不在乎，柳如是更不在乎。无论是古代还是现在，白发大叔迎娶青春美女的事情屡见不鲜，"一树梨花压海棠"，这本就是文人喜欢的风流韵事，这其中的滋味也只有当事人知道吧。

就像宋朝的赵明诚和李清照夫妇一样，钱谦益和柳如是也躲在自家的红豆山庄里，每天看书、写字、作画，总之，生活过得非常闲适，一晃二十多年过去了，时间停在清康熙三年（1664年）五月二十四日，八十三岁的钱谦益撒手人寰。

然而，钱谦益万万没想到，他去后仅仅一个月，钱家族人就开始向柳如是勒索金银、田产、房产、古玩等。柳如是一个人暴露在大庭广众之下，这些人对于柳如是的态度都是不约而同的轻慢。无数的谴责的声音压在了柳如是柔弱的肩上，柳如是实在不堪受人欺凌，重重打击之下，终究还是选择了不归路，只留下了一个年幼的女儿在世。

她的身世就像柳絮一样"总一种凄凉，十分憔悴"，身逢乱世，身世飘零，满身才气，却不为钱家族人所容，一身傲骨，最后以悲剧的形式结束自己的一生。"此去柳花如梦里，向来烟月是愁端"，柳花在空中，飘浮又聚集，不知要到哪里去，有理由相信柳如是对柳花的咏叹，带着命运共振的心灵地图。

秋刀鱼之味

　　大学同学要回东京，在一家日本料理店为她送行，可她却执意要请客，感谢我那么多年还记得她。毕业时，她毅然和我们的班长分手，跟一个老头去了日本，后来听说离了婚。毕业多年，早已物是人非，聊起一个人在东京的生活，她苦笑，指着桌上的秋刀鱼说："秋刀鱼之味。"

　　日本电影大师小津安二郎的最后一部作品，名字叫《秋刀鱼之味》，其实不关秋刀鱼什么事，整部影片从未出现过秋刀鱼，画面里充满了一股落寞味道。在日本，秋刀鱼的代表意义远远超过了菜肴本身。

　　完整的秋刀鱼形如上好的弯刀，带着月光一样妩媚明亮的光泽。秋刀鱼是一种洄游鱼，每年夏秋之交都从北海道南下，九、十月里的秋刀鱼最为肥美。秋刀鱼一般不清炖或蒸煮，炭烤盐烧是最美味的吃法。小火炉上放着秋刀鱼，冒着缕缕青烟，半边黑的发亮鱼体滋滋渗出脂肪泡沫，满屋子弥漫着烤秋刀鱼的味儿，一闻那味道便觉秋意，有一种不胜秋风的寂寥之感。

一边吃着烤秋刀鱼，一边喝着清酒，突然她嚷了起来："哎呀，怎么把内脏都给掏掉了呀？秋刀鱼是不去内脏的。""内脏也能吃？"我惊讶。"在日本许多人专门爱吃它，营养很丰富的，含有多种维生素，不过，内脏很苦的……"她顿了顿，重复了一句，"秋刀鱼，一肚子的咸苦啊。"

日本诗人佐藤春夫在他的诗《秋刀鱼之歌》里，也曾这样问："秋刀鱼的滋味啊，是苦还是咸？"盘子里的秋刀鱼泛着清冷的光，面对面静静地坐在空荡荡的料理店里品尝，它的滋味里，好像突然多了一股淡淡的感伤。一杯清酒，一条烤熟的秋刀鱼，可以是午后，也可以是深夜，甚至可以在凌晨，琐碎平淡，悲中有喜，五味杂陈。

有人总是要在看似安宁中思考沉重，总是要在看似荣耀中体味苦涩。清康熙十年（1671），吴梅村在家乡太仓病重，预感不久于人世，这位名满天下的大才子在临终前伤感地回顾了自己的一生，说："吾一生遭际万事忧危，无一刻不历艰险，无一境不尝艰辛，实为天下大苦人。吾死后，敛以僧装，葬吾于邓尉灵岩相近，墓前立一圆石，曰：诗人吴伟业之墓。"

这位曾写下"冲冠一怒为红颜"，对自己的一生评价为"天下大苦人"的诗人，漫长难挨的人生冬季临近尾声。如果把一个朝代的兴亡比作四季，明崇祯四年（1631），分崩离析的大明已是数九寒冬；如果把人的一生比作四季，崇祯四年便是吴梅村的初春。

明万历三十七年（1609），吴梅村出生于江苏太仓一个世代书香的家庭中，父亲给他起名叫"伟业"，号"梅村"，希望他长大以后能够建功立业，光耀门庭。

果然，明崇祯四年（1631），吴梅村参加会试，主考官被指

舞弊，幸亏崇祯皇帝调阅会试试卷，亲自在吴梅村的试卷上批上
"正大博雅，足式诡靡"，最终高中一甲第二名（榜眼），授翰林
院编修。青春年少，二十三岁便榜眼及第，崇祯帝还恩准他"驰
节还里门"，回家办婚事，放眼整个明代得此殊荣的寥寥无几，
此时的吴梅村正值人生得意时。

一时之间，吴梅村声名鹊起，得到天下读书人的艳羡，这意
味着吴梅村在仕途上将平步青云，前途不可限量。而吴梅村自己
也把崇祯皇帝对他的欣赏视为旷世恩典，一生念念不忘。不幸的
是，他身处一个风雨飘摇的时代，大明王朝已摇摇欲坠，朝廷中
到处是党争与倾轧。

明崇祯十七年（1644），李自成农民起义军攻克北京。崇祯
皇帝仓皇逃到煤山，在一棵槐树上自缢。吴梅村自认为明崇祯帝
对自己有知遇之恩，可是在明亡后，他苟且偷生，又被迫仕清，
这种耻辱让他痛不欲生。短短四年的出仕清朝，吴梅村不仅失去
了亲人、朋友，更让自己从一个操守高洁的遗民变成了有污点的
士大夫，他因此感受到巨大压力。

他的苦源自无可奈何，先是无可奈何于明朝的衰亡，后是无
可奈何于自身的境遇。优柔犹豫的性格使得他没有史可法誓死抗
清的气节，也没有刘宗周宁可绝食而死也不仕清的勇气，懊悔、
惭愧、自怜等情绪不断吞噬着他的灵魂，他只能在悔恨和纠结中
度过余生。

自怨自艾之余，吴梅村时常会想起昔日的恋情。如同出仕清
廷一样，他的仕途，他的人生，他的爱情，回忆起来也都是凄苦
而悲凉的。

清康熙七年（1668），年近六十的吴梅村一个人前往无锡，
拜谒一位故人之墓，在一个孤零零的坟头前，老泪纵横，掩面痛
哭，之后写下他一生中最好的作品《过锦树林玉京道人墓并序》，
序言比诗还要长，从序言里，后人得知他与墓主卞玉京之间的凄

苦爱情。

卞玉京是著名的秦淮八艳之一，"知书，工小楷，能画兰，能琴……好作小诗"，"其警慧，虽文士莫及也"。他们的第一次相遇是在送别宴席上，吴梅村的亲戚将赴任成都知县，亲友设宴为其饯行，卞玉京也在场。

此时，吴梅村已是名满天下的才子，卞玉京也是艳绝秦淮的佳人，就像红楼梦里贾宝玉第一次见到林黛玉——这个妹妹好像哪里见过一般，甫一相见，便倾心相交，卞玉京亦顾不得许多"遂欲以身许"。

酒酣耳热之际，她手抚几案，回首含情脉脉地问道："亦有意乎？"可惜，吴梅村却装作一副听不懂的样子，卞玉京长长地叹了口气。面对卞玉京的示爱，吴梅村不敢面对，又恰在众人面前，只能选择沉默，装傻做戏。卞玉京亦是有尊严的，她立即明白了吴梅村沉默之意，从此再没有提及此事。

生逢乱世，再一次相遇已经是几年后了，不过这一次终究是错过了。清顺治七年（1650），吴梅村到钱谦益家做客，钱谦益摆酒相待，知道卞玉京和吴梅村两人之间的事情，便让与卞玉京相熟的柳如是前去邀请。然而，这次卞玉京却径自入内室与柳如是交谈，钱谦益再三派人去请，卞玉京先是托词更衣，不久又称旧疾骤发，异日再访吴梅村，到最后，终究没有出现，没有和吴梅村再见面。

来了却不见，卞玉京此时心中虽然仍有吴梅村的位置，但想必是被当年事伤得深了，不愿再面对吴梅村。可她哪里知道，如今的吴梅村对其情根深种，于是两人就这样再一次错过了。

吴梅村悔恨不已，以为此生二人再也不见了。谁知，几个月后，卞玉京忽然带着侍女来相见，只是吴梅村再见到她时，她已换上一身黄衣，道姑打扮。看破了红尘的她，特意与吴梅村一见，只是为了了断尘缘。

卞玉京唤侍女取所携琴来，为吴梅村弹琴，泪眼婆娑地诉说着自己悲惨的际遇，说及清人入关后烧杀抢掠的情景时道："吾自沦落分也，又复谁怨乎！"

就像《半生缘》里，曼帧用颤抖的声音道："世钧，我们回不去了。"琴声忧伤，又带着释然，听完卞玉京的讲述后，吴梅村知道两个人已经再也回不去了，这也是他们的最后一次相见。这一次他们是真的断了，从此一个是方外之人，一个是红尘游客。

十几年后，卞玉京在孤苦的生活中香消玉殒。再三年后，年近六十的吴梅村踏着萧萧落叶，前往无锡祭奠。

卞玉京与吴梅村的爱情，最后黯然收场，全在一个词——"错过"。世界上最悲哀的事情，莫过于两个相爱的人相对而坐，留下的却只是曾经的回忆。

有些感情错过了就是错过了，回不去了。

第四章

从马医科到狼山脚下

江南第一圣手

一个叫云芝的绣娘

楼头烟月候黄昏

花落春仍在

瘦是山人　寒是津人

江南第一圣手

在怡园的北面有一条小巷，名字叫马医科。

让人实在想不到的是，这条东出人民路，西至永定寺的三百米小巷里，历史上曾在这里居住过的俞樾、马培之和沈寿三个人，竟然都和慈禧有着万缕千丝的联系。

清光绪六年（1880），这一年慈禧46岁。一直以来特别注重养生的慈禧太后生病了，最关键的是宫中太医屡治无效，于是皇帝下诏各省督抚，遍访各地民间良医进宫诊治。

这个事件后来竟然在民间被演绎成一段香艳的宫廷秘史，成为茶余饭后的谈资。话说，当时名医云集的太医院，对太后的病症束手无策，本来就不免让人怀疑。据说，第一位太医诊断过后，吃惊地发现竟然是喜脉，关键是此时的慈禧守寡已经二十多年了，自知不对劲的太医，变得吞吞吐吐，实在不敢说出实情，只是告诉太后，她过于劳累，多加休息便好了。

作为过来人慈禧也没加多想，听后也没有当回事。但慈禧身体并没有好转，反而越发难受得厉害，于是便又叫来一位太医。这位迂腐的太医诊断过后，竟然脱口而出："恭喜太后，是喜脉。"慈禧当场便翻脸怒骂道："庸医，本宫守寡二十年，何来有喜？拖出去斩了！"此时慈禧也突然明白为什么第一位太医吞吞吐吐了，于是便将第一位太医也杀了。

此时不知情的皇帝又来看望她，得知几位太医还是没有把慈禧的病症给治好，于是下旨广招天下名医为太后看病。于是，无锡一位姓薛的名医被征召进宫，他打听到了宫中的秘密，小心翼翼地给太后把脉，果然是喜脉。不过，思索片刻，他慢悠悠地说："太后是贵体欠安，乃忧国忧民过度劳累，积血淤堵导致食欲不振，恶心呕吐。只要小人开上几服独家秘方，太后服用后自会药到病除。"

慈禧面露喜色，此人不仅医术高明还很会说话，知道此事不能宣言，便称是独家秘方。随后，慈禧便秘密服用了打胎药。治好了太后的病，薛姓名医急忙告退回家，因为他深知慈禧的手段。回到家后的他，吩咐家人连夜搬了家，躲得远远的，从此再也没人找得到他。

这样的"宫廷秘闻"，流传在民间的不在少数。当然，这些传闻大都是经不起仔细推敲的。就像那个报告太后是喜脉的太医，在京城混，这情商也太低了，低到让人怀疑。

不过，马培之进京给慈禧诊病这事确实是真的，马培之经江苏当地官员推荐，被招进宫。现在想来，那个时候交通也不够发达，从接到圣旨到启程出发，这一走估计也要好多天才能到京城。最关键的是，此时马培之已经六十一岁了，行医了一辈子，名声在外，接到给太后看病的圣旨，他的内心是忐忑的。

为太后看病是要担很大风险的，他在想：京城那么多名医高手都束手无策，我这一去，能不能治好真不好说。万一治不好，一世英名也就毁了。再说"伴君如伴虎"，一旦诊治失当，怪罪下来，自己有可能身家不保。

此行真是前途未卜，马培之心中惴惴，寝食不安。但是，圣旨在手，不得不去。马培之带着他的儿子和两个用人于农历七月初六这一天动身，临行时和家人告别，泣不成声，恐怕再也回不来了。一路从常州乘船到苏州，向江苏巡抚衙门报到后，再乘坐小轮船抵达上海，再换海轮于十七日抵达天津，然后，换马车直接进京。

到了北京，聪明的马培之拜会了太医院的太医，又连日访问同乡亲友，打探慈禧太后的病况。仔细想来，给太后看病应该有很多规矩，不可能刚到北京就给太后看病开药。确实也是这样，先要去太医院报到，其实，被征召进京的也不止马培之一个人，另外还有七个来自全国各地的名医。

给太后看病的过程并不舒服，由于太医们诊断的都是贵人，所以他们在看病的过程中毫无尊严可言。按照马培之自己的回忆，当时的情形是这样的："榻上施黄纱帐，皇太后坐榻中，榻外设小几，几安小枕。皇太后出手放枕上，手盖素帕，惟露诊脉之三部。"这有点像我们在清宫戏中经常看到的，皇太后面向东坐，座前放一张小桌几，面前垂着黄帐纱幕。先行一跪三叩首礼，然后跪着回答慈禧的问话。内务大臣跪在左边，太医院及外来医生马培之等跪在右边。慈禧皇太后命医生诊脉，医生则膝行至桌几前，桌几上放了两个小枕。太监侍立在两旁，启帘为慈禧皇太后请脉。

医生们依次为慈禧太后跪诊切脉，又各自开方立案，再呈慈禧太后。初来乍到的马培之，小心翼翼地开具一剂养心归脾汤，主要是潞党参、藕汁炒白术、茯神、归身、丹参、白芍、香附、炙草、女贞子、柏子仁、龙眼肉等。略懂中医的可以看出，组方较为简单，但方中白术用藕汁炒制，颇具特色。

藕汁炒白术的做法是，取生白术片，置陶瓷盆中，加预先准备好的藕汁，边加边搅拌，闷润透之，置热铜锅中，用文火不断翻炒至干，至白术有香气逸出时取出，晾凉。藕性味甘，白术经藕汁炒制，不仅能缓和白术之燥性，而且具有清热凉血之功效。藕汁和白术，经炒制，可谓相得益彰。

慈禧对马培之进呈的药方颇为满意，但中医偏重调理，不可能立竿见影，这样的诊治，前前后后持续了七个多月，在北京的日子里，马培之有空还为其他官吏治愈多种疾病，名声大振。眼看着慈禧太后的病情已有好转，马培之深知京城非久留之地，他生怕会发生意外之事，遂有向朝廷请退之意。于是他在苦思之后，生得一计，他自己伪装有病，在一次诊病时，故意当众晕倒在地，这时慈禧才允许他回归故里。

由于治病有功，慈禧皇太后特赐"务存精要""福"两匾额以示嘉奖，自此江湖人称"江南第一圣手"。返乡之后不久，马培之就举家迁往苏州，住在离观前街不远的一条巷子里。正因为江南名医马医生居住于此，这条巷子被称为马医科巷。

马培之还将其在京这几个月写下的日记整理成书，取名《纪恩录》。写完这本书，据说他还特意找了他的邻居，也是住在这条巷子里的国学大师俞樾给他的书作序。有意思的是，比马培之早十年住进这条巷子的国学大师俞樾，虽然在序言里不免很多溢美之词，但后来，俞樾却成为中国历史上提出废除中医的第一人。

那为什么俞樾要提出废除中医呢？这要从他的亲身经历说起，他的几位亲人，包括他最爱的小女儿在内，在短时间内生病医治无效，相继离世。俞樾十九岁与姚氏夫人成亲，二人一生恩爱，伉俪情深，育有二男二女。然而，这个本该幸福美满的家庭因为一连串的病患而蒙上悲凉的阴影。

大约从清咸丰十年（1860）开始，疾病和灾难就接踵而至。

先是大女儿婚后不久，大女婿突然病故。没过几年，次子俞祖仁又染重病，几成废人。又过几年，俞樾的长兄俞林病逝。不幸并未就此停息，而是愈加疯狂地袭扰这个家庭。最让俞樾遭受重创的莫过于姚夫人的去世和次女绣孙的突然病逝。清光绪五年（1879）年四月，夫人姚氏病故，俞樾伤心不已，奉其枢至俞楼，悼亡歌哭，有"月到旧时明出，与谁同依栏杆"之感。过了三年，俞樾最疼爱的小女儿绣孙又突然病逝。绣孙聪颖超群，十岁能诗，深得老父钟爱，妻子、儿女相继去世，尤其是小女儿病逝以后，俞樾悲伤交加，几近崩溃。

造化弄人，命途多舛。百般不幸频频照临，家中的灾难，中医药的无助，使俞樾不得不哀叹人生噩运，怀疑甚至迁怒中医。俞樾对中医有一种根深蒂固的印象，即中医对于疾病几乎没有任何治愈作用，那些被中医治好的都是自己能好的，即使不用药也能自愈。俞樾废除中医的提出，主要是基于家族的悲惨遭遇，愤于所请的中医无法妙手回春，其实无论中西医，都有其独特的地方和擅长的领域。

到了晚年，俞樾自己生病，除了西医，他还是要请中医给他诊治的。有理由相信，作为邻居，俞樾是肯定邀请马培之给自己的家人或者自己诊过病的，对于马培之的医术曾经也是深信不疑的。

只是他们做邻居的时间并不长，清同治十三年（1874）搬到马医科的俞樾，在这条幽静的小巷内已住了近十年，直到俞樾小女儿病逝的次年，马培之才搬到这条巷子里来，与俞樾比邻而居。马培之搬来后不久，屡遭变故的俞樾家族，终于迎来了让俞樾深感欣慰的一件喜事。

清光绪十年（1884），俞樾特意陪孙子俞陛云回浙江德清参加县试，果不出所料，中秀才第一名。由于俞陛云的父亲俞祖仁有病，故俞陛云出生后，一直跟随祖父母生活，由祖父俞樾亲自

教育，可以说，俞樾对俞陛云是倾注了毕生心血。

　　好运接踵而来，等到来年，赴浙江应乡试，俞陛云又高中举人第二名。待到清光绪二十四年（1898）参加殿试，俞陛云以一甲三名，赐探花及第。古稀之年的俞樾终于迎来人生的又一高光时刻，孙子高中探花，倍感欣慰又满心欢喜的老人喜撰一联以抒怀：

　　　念老夫毕世辛勤，藏书数万卷，读书数千卷，著书数百卷
　　　看吾孙更番侥幸，童试第一名，乡试第二名，殿试第三名

　　现在的马医科巷俞樾曲园门前还悬挂着"探花及第"的竖匾，就是为了纪念俞陛云曾高中探花。世事就是这样，否极泰来。1900 年，俞陛云之子俞平伯出生。80 岁的俞樾欣见曾孙，珍爱异常，四世同堂成为曲园的特大喜事。

　　这一年，和曲园老人俞樾一样，按捺不住内心喜悦的还有一个，那就是叫沈云芝的苏州姑娘，她的丈夫终于考中举人。

　　不久的将来，她也将搬到马医科这条巷子，和曲园老人做邻居。

一个叫云芝的绣娘

　　大学里，有一个苏州女同学，温婉动人，颜若朝华，眉眼处有淡淡的韵致，颇有几分古典才女的味道。看到她的第一眼，我不由得冒出一句：南国有佳人，容华若桃李。

　　只是生活在俗世，转眼已是大龄。她自己倒是不着急，身边的七姑八姨，特别是父母总是各种各样花式催婚。有一天，她实在受不了，跟他们说，你们再催，我就搬家，搬到云南去，离你们远远的，再也不回来了。

　　从此，家里再没人提结婚的话题，安静了好一阵儿。有一天，她正在吃早饭，她父亲悄悄走到她的身边，平静地说：姑娘，假如你今天出门，前面有十条巷子，其中九条都布满了杀人的机关，你要怎么做才能活下去？

　　女同学手里拿着包子，满脸不解地看着父亲：大清早就智力测试啊？她父亲停顿了一下，静静地说："姑娘，很简单，关键

你要找对巷（象）啊。"女同学一口包子还没咽下去，就逃离了家门。

听完这个故事我们都哈哈大笑不止，花式催婚如此！

这个女同学叫沈云芝，上大学时，她的家就住在马医科。

我一直以为马医科，就像西游记里的弼马温，跟马有关，估计以前是个兽医院，是给马看病开药的地方。直到有一天，在翻一本有关苏州人文历史的闲书时，才发现，马医科原来跟马一点关系也没有，倒是跟中医有关，是因为清代有个叫马培之的名医在此行医而得名。据记载他曾给慈禧看过病。更让我惊讶的是，一百多年前，这条巷子里原来也住过一个苏州女子，她的名字竟然也叫沈云芝。

我欲穿花寻路，直入白云深处。
……
我为灵芝仙草，不为朱唇丹脸，长啸亦何为？
醉舞下山去，明月逐人归。

黄庭坚的这首《水调歌头》化用桃花源的故事，神游仙境，去往白云深处，寻访灵芝仙草，写得潇洒飘逸，超凡不落尘俗，每一个读书人都非常欢喜。想必两位沈云芝的名字应该都是来自这首诗词吧。只是百年前的沈云芝后来自己改名为沈寿，之所以要改名，也跟慈禧有关。

具体有什么关联，这要从头讲起。在苏州，虎丘庙会、石湖串月、轧神仙这些著名民俗被后人承袭至今，却唯独有一大民俗，随着时事变迁早已流逝，就连一些上了年纪的老苏州也很少能忆起，那就是农历二月十九的观音山香市。观音山，也称支硎山，与天平山、寒山前后相连，与狮子山、虎丘山遥遥相望。历代文人墨客如白居易、皮日休、刘禹锡等都曾经登临此山，并且留下无数优美的诗篇，甚至连乾隆皇帝也未能免俗，南巡时多次临幸，不但御赐匾联，还多次热情洋溢地作诗赞叹。

山东麓建有观音寺，香火鼎盛，远近闻名，观音山香市就是因此而起。在古代，特别是明清时期，闺阁女子是不能随便出游的，但是，二月十九这一天，男女老少、善男信女都可以来观音寺进香，院内诵经念佛声不绝。相传这一天是观音诞辰日，到观音山烧香，可以保佑自己一年平安健康。

江南的二月十九已是春暖花开，所以那天的集市总是车水马龙，街上、河里、山径、店铺、寺院，到处人头攒动，其声势可用白居易的诗句"云外支硎寺，名声敌虎丘"来形容。所以，历史上，这一天也是观音山一年中最热闹的一天。清代文人袁景澜曾有一篇《观支硎山香市记》，写尽了这一风俗的浩繁与热闹："……有红裤游稚儿、青裙游女，肩负花枝，随风弱步。富豪侠少，宝骑珊鞭，结队闲行，翱翔容与……"

沈云芝就是在一次游春的途中，邂逅了前来苏州游玩的风度翩翩、仪表堂堂的绍兴秀才余觉，两人在江南水乡的春意盎然中，眉眼相对一笑，心中情愫暗生。于千万人之中遇见你所钟情的人，于千万年之中，在时间的无涯的荒野里，没有早一步，也没有晚一步，刚巧赶上了。《玉台新咏》里有一首《定情诗》，写出了云芝姑娘见到自己恋人的感觉：

我出东门游，邂逅承清尘。思君即幽房，侍寝执衣巾。
时无桑中契，迫此路侧人。我既媚君姿，君亦悦我颜。
何以致拳拳？绾臂双金环。何以道殷勤？约指一双银。
何以致区区？耳中双明珠。何以致叩叩？香囊系肘后。
何以致契阔？绕腕双跳脱。何以结恩情？美玉缀罗缨。
何以结中心？素缕连双针。……

　　我从东门出去游玩，不经意间遇到了你。我对你一见倾心，心中一下子就有了以身相许的念头。我愿意在你入室就寝时在一旁手持衣巾，伺候你更衣入睡。当时我们没有约会，因为我怕让路旁人看见。我爱慕你，你也喜欢我。

　　用什么表达我的眷恋之意呢？缠绕在我臂上的一双金环。

　　用什么表达我对你的殷勤？套在我指上的一双银戒指。

　　用什么表达我的真诚呢？戴在我耳上的一对明珠。

　　用什么表达我的挚诚呢？系在我肘后的香囊。

　　用什么表达我们之间的亲密呢？套在我腕上的一对手镯。

　　用什么连接我们的感情呢？缀有罗缨的佩玉。

　　用什么让我们的心连在一起呢？用白色的丝绒双针缝贯。

　　金环、戒指、明珠、香囊、手镯、佩玉……恋爱的女人，思念恋人，什么都愿意送给这个男人的，不过，我觉得这个时候，最能表达云芝姑娘心意的，没有别的，只有一种，那就是她亲手绣制的绣帕。

　　出生于清同治十三年（1874年）的沈云芝，由于母亲宋氏擅长绣艺，七岁便开始弄针，八岁跟姐姐一起学习刺绣，由于天资聪颖，好钻研，进步极快，起初她绣花草虫鱼，后来以家中收藏之名画作蓝本，绣制艺术性较高的作品。很快，她就成了苏州城内有名的刺绣能手，绣出来的东西根本不愁卖，人家找她要个绣品，都要排队等档期，所以在苏州城内，迅速成名，人称"沈绣姑"。

　　刺绣，可以说是江南女孩一生中最美丽的情结。仿佛，沈云芝这个女孩天生就是为了刺绣而生。喜欢刺绣的女子，真的更有一种温婉沉静的气质，因为刺绣，最能磨炼一个人的细心和耐心。恋爱中的沈云芝，一针一线，更是绣出一片温柔，一片爱意浓浓。

　　回家后的沈云芝很快就等到了余觉的登门拜访，还带来了给自己的情书和礼品。从此干柴遇烈火，一发不可收拾。两人情投意合，不久后就结为夫妻，余觉入赘到了沈家。在外人的眼中，他们郎才女貌，简直就是人间绝配。果不其然，婚后的日子其乐融融，余觉半日读书，半日陪妻子钻研刺绣。

夫妇二人一个以笔代针，一个以针代笔，琴瑟和谐，诚如余觉所言："余无妻虽智弗显，妻无余虽美弗彰。"很多绣娘刺绣技艺高超，但由于自身不会作画，刺绣图案仅限于传统的花草虫鱼、吉祥图案。有了余觉的帮助以后，沈云芝绣的画稿，大多是由余觉所绘，两人可谓相得益彰。正由于余觉将自己的书画艺术融入妻子的刺绣中，沈云芝很快从众多绣娘中脱颖而出。余觉感觉自己的画稿，用刺绣的形式表现出来，同样是一幅精美的艺术作品，在惊讶于妻子超凡技艺的同时，也对自己的画稿爱不释手，他从内心希望有更多的人欣赏到他的画。

随着刺绣技艺的提高，沈云芝开始研究前朝的彩绣技艺，在继承前人传统针法的基础上，改进了原有的套针法，按照所绣真实景物组织针脚纹路，使针迹隐藏，物象逼真，更具立体感。这一创造性发展，更开"仿真"绣一代新风，使苏绣艺术达到了新的境界，也使她的刺绣闻名江浙沪一带。就这样，两人神仙眷侣般生活了七年。直到清光绪二十六年（1900），这一年，发生了一件让他们全家都兴奋不已的大事——余觉乡试终于考中举人。作为一个读书人，考中举人，可以算是光耀门楣的喜事，读书做官的梦想就算基本实现了。因为举人名额有限，乡试这一关是相当不容易过的，不知有多少读书人将一生耗费在了这场考试上，如写出不朽名著《聊斋志异》的清代小说家蒲松龄就一生未能跨过这道坎。

夫君中举的喜讯，使沈云芝心里开出了花，她既为自己的爱人高中举人高兴，更觉得自己当年在人群中一眼相中这个男人，自己眼光顶好。按照正常的路线，余觉已经可以跻身上流社会、

排队当官了。

可是，这个时候，时间进入 20 世纪，大清朝这艘破船已千疮百孔，时代变了，一切都变了，戊戌变法、八国联军侵华等一系列事件促使清廷改制，不再任用旧时代的儒生当官。余觉的前途变得极不确定，不过，这也难不倒余觉，天生爱交际、善于钻营的他，想到了另一条路——拉关系、送礼，而且专找大文人送。礼品不够档次？好说，他觉得自己的画不一定是当世一流，但是他老婆的绣品可是稀罕玩意儿。这一招果然见效，余觉很快混进了上层圈子，每日推杯换盏、觥筹交错。

时间来到了清光绪三十年（1904），这一年迎来了慈禧太后七十大寿，彼时的清朝虽然已经到了千疮百孔的末年，但是喜好奢靡之风的慈禧太后还是决定为自己举办一场豪华气派的大寿盛宴。于是清政府下旨命各地进献寿礼，余觉从朋友那儿打听到消息，打通了关系，希望可以把自己老婆的绣品作为寿礼献给太后老佛爷。他们从古书中选出八仙上寿图和无量寿佛图作为蓝本，很快勾勒上稿。也就在这个时候，他们发现，有一个难题突然摆在了他们的面前，结婚十年久未怀孕的沈云芝这个时候，突然发现自己怀孕了。

由于慈禧太后的大寿时间临近，完成这两幅巨制需要没日没夜赶工，耗费精力，对一个孕妇来说，几乎是不可能完成的任务。绣还是不绣？这个选择题，摆在了夫妻二人面前：绣，身体太过劳累，有可能孩子保不住！不绣，余觉可能就错过了飞黄腾达的机会！虽然很想让孩子平安出生，但是想着丈夫余觉的前途，想着自己的作品有机会得到最高掌权者的肯定，沈云芝还是决定：绣！时间紧迫，她的双手只能在短暂的休整后夜以继日不停劳作，丈夫每日里都来看她，不过细心的她发现，丈夫关怀最多的还是绣品的进度。

沈云芝在这组作品中倾注了全部心血，可以说使出了看家本领、从用针到配色，她都反复斟酌研究，经过三个多月时间，终于绣成了《八仙上寿》和《无量寿佛》两幅寿屏，余觉看到作品完成，惊喜不已，急忙辗转托人送进皇宫。这时他才发现她苦熬多日的眼睛早已多了一圈暗黑。午夜醒来她下身透出一丝丝红色，沈云芝失去了腹中的胎儿。不过，两幅美轮美奂的苏绣巅峰之作《无量寿佛》和《八仙上寿图》，呈现在慈禧太后面前，慈禧见到后凤颜大悦，满心欢喜，大加赞赏，称之为绝世神品，还亲笔题写了"福""寿"二字作为赏赐，分赠余觉、沈云芝夫妇俩。

一时间，这对夫妇成了刺绣界最炙手可热的"明星"，为了表达对慈禧的感恩，余觉便把名字改成"余福"，沈云芝改名为"沈寿"。不久，商部设立绣工科，余觉任绣工科总理，沈寿被任命为绣工科总教习。很快，沈寿受清朝政府委派远赴日本进行考察，交流和研究日本的刺绣和绘画艺术，在中国近代刺绣史上开拓了一代新风。

清光绪三十二年（1906）夏天，余福沈寿夫妇回到了苏州，走进了那条叫马医科的小巷，购置一处花园住宅改名绣园，从此与曲园老人俞樾、"江南第一圣手"马培之成了邻居。

楼头烟月候黄昏

夜色是迷人的，夜色晃动处犹如一个女子在曼妙舞蹈。

夜晚我们内心的渴望，如一把尘封了千年的古剑渐渐苏醒，这渴望也许是内心深处牵挂的某个人，也许是江湖里的往事。

深夜，我的手机上忽然收到一条微信，"这世界那么多人，有幸遇上你，真好。"我拿着手机，静静地看了许久，思绪翻飞，过往如电影在夜色中弥漫。因为这条微信，来自一个我内心深处默默喜欢的女生。

我相信，总有那么一个夜晚，张謇一个人静静地坐在书房，手里拿着那一方绣帕，心情犹如深夜收到微信的我，更何况这绣帕上用的不是丝线，而是一根根女子的秀发。

"一缕青丝一缕魂，一缕悲切缠君魂。一缕青丝为君翦，一缕青丝念君魂。"沈寿病重的时候，掉的头发越来越多，她将这些落发收集起来，落发不够用了，沈寿还剪下自己的头发，在绣帕上绣出了张謇的手迹"谦亭"。谦亭之名，是张謇根据《尚书》中的名句"满招损，谦受益"取的，张謇曾经将谦亭的房子让给沈寿暂住养病。

一个女子将头发送给心上人，是一生"同患难、共荣辱"的誓言，这幅绣作，大约是隐忍而沉默的沈寿，留给张謇最后的念想。此时的张謇，早已年过六十，作为曾经的状元，花甲之年忆从前，历历在目似昨天。

清光绪二十年（1894）春，四十二岁的张謇科举高中状元，被清廷授翰林院修撰，从此声名鹊起。此时还没改名为沈寿的苏州姑娘沈云芝，刚满二十岁，和心爱的男人余觉新婚不久。她绝不会想到，她将会和这位状元有一段难忘的感情纠葛。

不过，他们的相遇，要到十六年以后了。那一年，他们刚巧都去南京出差，参加一个大型展会。那时，清政府为振兴国力倡导实业，在南京举办了一次"南洋劝业会"。说起这个南洋劝业会，还是很有影响力的。南洋劝业会可以说是中国举办的第一次世界博览会，也是中国历史上首次以官方名义主办的国际性博览会。

南洋劝业会举办前后，张謇等人发起并成立了南洋劝业会研究会，不仅组织专家对会展进行认真研究，还对参会展品（项目）进行审鉴评选，张謇担任劝业会总评审官，因会中刺绣产品丰富，商部派绣工科总教习沈寿任绣品审查官。

这是张謇第一次见到沈寿。

她当时三十六岁，可以说此时才是她作为一个女人最美的年华。她皮肤白皙，面容清秀，举止娴雅，早已不再有少女时代的羞涩，经过生活的磨砺，她变得更加豁达和从容、成熟而自信。这是一种成熟之美，风韵之美。能够征服中年男人的，肯定不只是女人的美丽，而是她的女人味，对张謇来说，此时沈寿的一颦一笑，女人味十足，已深深印在他的脑海里。

当时，有一幅顾绣作品需要鉴定。顾绣是指明代上海露香园主人顾名世家里女眷所绣的作品，很有名望。张謇一时难判真假，就特地请沈寿一鉴真假。沈寿曾专门学习研究过顾绣的针法，绣品刚一展开，沈寿即判为真品，张謇问："凭何断定？"沈寿立刻将其技法、典故娓娓道来，镇定的神态、文雅的谈吐，让张謇看得有些痴了。这一次，张謇被沈寿的鉴赏力大为折服。张謇想邀请沈寿夫妇二人前往南通培养绣女，但他们没有答应。

辛亥革命后，绣工科停办。沈寿夫妇去天津创办女工传习所，继续传授刺绣技艺，但是办学收入不尽如人意，两人生活一度拮据。余觉不得不写信给张謇寻求发展。自己本就有发展刺绣事业的想法，张謇收到信后，力邀余觉南下，共商刺绣发展事宜。

1914年，张謇在江苏南通创办女红传习所。余觉南下后不久，沈寿也在丈夫的邀请下南下。这样一来，夫妻俩就都到了张謇当时所在的南通，沈寿担任了所长兼教习。此时沈寿虽已年过四十，但风韵犹存。张謇后来在《惜忆四十八截句》中回忆道："黄金谁返蔡姬身，常道曹瞒是可人；况是东南珠玉秀，忍听蕉萃北方尘。有斐馆前春水生，唐家闸外暮潮平；登楼即席殊矜重，不似惊鸿始为惊。"在这里，他把沈寿比作蔡文姬，而自比曹操，把邀请沈寿南下任职，与曹操赎回蔡文姬相比。

女红传习所起初附设在南通女子师范学校，后移到南通濠阳路，传习所第一期招生二十余人，以后逐年增加，学制也逐渐完善。所内设有速成班、普通班、美术班和研究班。沈寿不仅是一位出色的刺绣艺术家，而且还是一位富有经验的刺绣教育家。在教学中，她主张"外师造化"，培养学生仔细观察事物的能力。绣花卉，她就摘一朵鲜花插在绷架上，一面看一面绣；绣人物，她则要求把人的眼睛绣活，绣出人的精神。在沈寿的精心教诲下，南通女红传习所培养了许多苏绣人才。南通的绣品也逐步形成了"细、薄、匀、净"的风格，在国内外打开了销路。余觉也因为工作之需被张謇派往上海，筹设绣织公司。1915年，旧金山举办"巴拿马—太平洋国际博览会"，张謇感到这是让世界了解南通农工商产品的最佳机会，决定将女工传习所的刺绣作品作为参展项目之一。

在博览会上，一幅耶稣像引起了西方人的瞩目。那不是西方人熟悉的油画肖像，却有着油画擅长呈现的透视与凹凸感，而肖像中所透出的丝丝细腻与独特的神秘感又是油画所不能赋予的。这幅耶稣像以油画为范本，人物神色微妙，表情复杂，为追求尽善尽美，用色多达一百多种，针法更是前无古人，以"旋针"为主，配合多种针法，把耶稣为拯救万民毅然赴死的神情，溢于绣面。最为绝妙之处是耶稣的双瞳，若忧若戚，加之飘然的卷发，细腻丰满的肤感，可谓栩栩如生。

沈寿的旷世杰作，最终以采用百种以上的线色及创新的仿真绣法这一特色摘得金奖的桂冠。当有人提出要高价购买时，张謇却指出绣品乃"国宝"，只展不卖。这件刺绣作品几经辗转，现藏于南京博物院，成为镇馆之宝之一。

沈寿的技艺也日臻完善，达到个人事业巅峰，为了赶制这份绣品，沈寿的身体却每况愈下。当年为慈禧赶制寿礼，沈寿小产，付出了终生不孕的惨痛代价。一个女子若不能延续香火，在当时是要被人嚼舌根的，慢慢她与丈夫的感情也遭遇了雪冻冰封。沈寿不能生育，也给了余觉纳妾的正当理由，男人确实是很容易移情别恋的生物，余觉接连娶了两房小妾。对于丈夫的移情别恋，本就志向高洁的沈寿备受打击。

哪有女人不希望事业爱情双美满呢？但是如果没有爱情，她也只能通过事业来充实自己了，其实，她的内心，终归还是孤寂落寞的。沈寿病体久治不愈，丈夫常年出差在外，又娶了小妾，无论是客观和主观都无法在身边照顾沈寿，恰巧此时张謇辞去总

长一职回到南通。张謇请名医为她治病，考虑到她工作繁重，屡欲给她加薪，沈寿均坚决辞谢。沈寿曾对姐姐说："啬公知我，以绣托我，知己之感，吾心尽我力以为报。"沈寿原先住的地方不大，女工传习所内人多事杂，在那里无法静心休养，于是张謇将谦亭借给沈寿暂住。

谦亭是建在张謇自家花园里的一栋别墅。张謇自己在日记中写道"雪君借苑谦亭养病"。过了几天，张謇还给沈寿写了一张便笺："昨夜在露台，见谦亭西屋灯光不细，又纱橱蚊太多，粹缜日日供蚊喙，不可。已加备一完全寝具于西屋，便于粹缜、学慈。管妈可移东屋南厢内。右衡可照办。廿四日。"从文字可以看出，张謇的关切细致入微。这里的右衡、粹缜、学慈，分别是沈寿的哥哥、侄女、养女，他们应该都跟在沈寿的身边。

张謇为她提供了更好的休息场所，为了给沈寿排遣忧愁，他还收她为学生，亲自教授诗词。他从《古诗源》里选了七十三首古诗，亲笔抄写、注解，装帧成《沈寿学诗读本》。这本册子一打开，开篇便是情意绵绵的《越谣歌》："君乘车，我戴笠，他日相逢下车揖。君担簦，我跨马，他日相逢为君下。"歌词的大意是：如果将来你坐着车，而我还是戴斗笠的平民，那么有朝一日相见，你会下车跟我打招呼吧？如果将来你撑着伞，而我骑高头大马，那么有朝一日见到你，我也会下马来向你问候。沈寿向张謇学写诗，使自己的文学素养和绣技得到了进一步的提升。在她后期的作品中，你会看到刺绣在空间布局上面更文雅，并且结合绘画、书法后的绣图更具人文气息。

沈寿被张謇的细心照顾所感动，心存感激，在谦亭养病期间，用近一个月的时间，按照张謇的墨迹，用自己的头发，完成了发绣作品《谦亭》。张謇又在"谦亭"二字之外，加书六十字的跋语，一并由沈寿发绣，这六十字的跋语是："民国六年七月，啬公以博物苑谦亭借寿养痾。十九日，即阴历六月朔，部署既定，谋记盛谊，乃请公书谦亭字发绣以永之。愿公寿百年，谦亭百年，绣亦百年。"跋语分作两行，围绕着谦亭两字，成椭圆形。

这个倾尽沈寿心意的发绣作品，张謇见了感动不已。在日记中写道："见雪君发绣谦亭字二帧成，工绝。因赋诗为谢。"

> 枉道林塘适病身，累君仍费绣精神。
> 别裁织锦旋图字，不数回心断发人。
> 美意直应珠论值，余光犹厌黛为尘。
> 当中记得连环样，璧月亭前只两巡。

此时，对张謇来说，世间任何美好灵动的词语，用在沈寿身上都不为过，接触日久，使得他们更有了心灵的沟通，而面对这份迟来的热烈情感，沈寿并不敢接受。她虽然感念张謇的知遇之恩，感动于张謇对她的照顾，却依然恪守着礼法。

当然，阻碍在他们之间的还有流言蜚语。很快，沈寿还是搬出了张謇的别墅。不过，流言蜚语添油加醋传到余觉的耳朵里，余觉、张謇之间的芥蒂也就此种下了。余觉当年就辞去了张謇公司的职务，可是以后每当沈寿病重，张謇通知余觉时，余觉又往往不能及时赶到。

张謇有着绝对的财力和人脉，给沈寿找来了最好的医生，沈寿的身体却总是时好时坏，到后来病情越来越重，在张謇的一再盛情邀请下，沈寿又搬回了谦亭。有了张謇的庇护和照顾，求医问药，毕竟要好多了。

两人感情不断加深，沈寿的病情却也越来越重。1918年，她已卧床不起，想到自己研究创新并娴熟应用的刺绣针法将随着自己离开人间而失传，于心不甘，不禁泪流满面。中国刺绣艺术延绵数千年，历代艺人口手相传，相关的著作和文字记录寥寥无几。面对病入膏肓的沈寿，张謇的内心是十分痛苦的，可又"惧

其艺之不传而事之无终也"。经过再三思索，张謇向沈寿提出编写绣谱的想法，沈寿欣然同意。

沈寿半躺在床上，床边就是笔墨纸砚。张謇几乎天天都来，他口问手写，百般耐心，有时沈寿体力不支，张謇就小心伺候，一汤一匙，倍加呵护。传统工艺历来难以笔录，是因艺人一般不善文字表述，而文人不谙其技，难书其妙。年近七十的张謇，不顾年事已高，事务繁重，担当了撰录绣谱的重任。病中的沈寿从一物、一事、一针、一法开始审慎思忆，详细讲解，张謇则分门别类，记录整理，许多难以表述的技法张謇均概括出来。

两个人就像燕子垒巢，一点吐沫，一点泥巴，一点草叶，含辛茹苦搭建着"绣谱"这个特殊的巢。就这样先后三易其稿，完成以沈寿晚号雪宧定名的《雪宧绣谱》。1920年，这部凝结着沈寿毕生心血的中国刺绣史上第一部刺绣理论专著出版。当然，《雪宧绣谱》由张謇作序，"积数月而成此谱，且复问，且加审，且易稿，如是者再三，无一字不自謇书，实无一语不自寿出也。"

世间最难得的是懂得，张謇无疑是懂得沈寿的，为了她挚爱的刺绣事业，他不遗余力地支持，然而情深不寿，也碍于封建礼教，他们只是这一世彼此的知音人。"苏绣皇后"的一生精髓加上状元的文笔，这部书的价值已远超一般的技术著作。书是同写的，书上有两个人的名字，书成之后，两个人却要面对生离死别——沈寿的身体撑不住了。

1921年6月，沈寿病殁于南通，终年四十八岁。在沈寿面前，张謇状元的名声、书生的孤傲、商人的精明、教育家的身份，全都不算什么，他扑在沈寿的遗体上痛哭不止，唯有用最为隆重的葬礼，去表达自己对沈寿未了的深情。

沈寿生前已经和张謇商定，墓地就选在南通黄泥山的东南麓，而不是葬回苏州。沈寿识字不过千，将所有的青春都关在绣房里，思想也是守旧的，葬在南通，已经是她一生最出格的反抗。

张謇对沈寿的感情，也许并不为世俗所容，但他对她的扶持和怜惜，以致后来的病榻前照顾，让这份感情同样高贵。在以后的日子里，张謇较长一段时间，仍沉浸在悲痛的思念之中。沈寿"珠帘锦幕绣屏风，衫影条苗鬓影松"的形象一直浮现在眼前，多少次他坐在沈墓前直至夕阳西下，"楼头烟月候黄昏"，也许只有待到月上柳梢，梦中才能与她再相见。

此后，张謇在追忆中度过了五年的时光，追随沈寿而去，生前相知，死后为邻。长江滚滚，日夜奔流，诉说着他们生前的相携，故去后的相依。

爱，也许本身没有对错，只是在错误的时间，遇上了对的人。

花落春仍在

情人若　寂寥地出生在 1874
刚刚早一百年一个世纪
是否终身都这样顽强地等
雨季会降临赤地
为何未及时地出生在 1874
邂逅你　看守你一起老去
互不相识身处在同年代中

——陈奕迅《1874》

当我戴着耳机听着陈奕迅这首《1874》的时候，刚好走进这座素雅而精致的园子。在她的历史介绍中我惊奇地发现：曲园，清同治十三年，俞樾在马医科巷潘世恩旧宅西数亩废地上建造而成。

　　同治十三年，刚好就是 1874 年。"情人若，寂寥地出生在 1874，刚刚早一百年一个世纪"，走在这座园林里，我突然觉得，这座园林，也许就是俞樾老先生一辈子的情人。

　　我一直觉得园林不只是一个物质空间，它是传统文化艺术的集萃和象征，更像是文人内心世界的外化呈现，俞樾在辗转各地后，终于在马医科找到了自己精神的归宿和家园，有理由相信，他在搬进这个院子的那一刻，委屈的内心在这个小院子里是得到舒展的，他能够想起的也是《道德经》里的那句"曲则全，枉则直"。老子是充满辩证和智慧的，曲是一种以退为进的柔弱之策，更是一种上善若水之道。人生有时候，越争取越争不到，委屈一下自己，放弃一些名利地位，反而能够保全大局。就像树苗往上长的时候，遇到石块，拐个弯继续往上长，这棵树仍然可以长得直。

　　于是，他把这个园子命名为曲园。当然他永远都不会忘记人生的高光时刻，原来那里有一条笔直的大道摆在自己面前，这事要从二十四年前的一个春天说起。

　　那一年是清道光三十年（1850）正月十四，圆明园内一片肃杀，没有丝毫节日喜庆的气氛。原来已经统治清朝三十年的道光皇帝此时命在旦夕，走到了人生的终点。当天卯时，意识还算清醒的道光皇帝召集朝廷重臣，公开宣布了他人生中最后一道圣旨。道光皇帝遵从祖宗家法，在前几年提前写下了这道立储密旨，直到临终前才对外公布。他怎么也不会想到正是因为这道圣旨，彻底改变了清朝的命运，也影响了中国历史。道光皇帝的遗诏决定了皇四子奕詝的命运，他成为清朝的新皇帝，即咸丰皇帝，正月二十六日咸丰帝正式即位，以第二年（1851）为咸丰元年。

　　咸丰皇帝是清朝以及中国历史上最后一位有实际统治权的皇帝，从个人际遇来说，在历代帝王之中，咸丰帝的命运差不多是

最惨的。中国历史上最大的农民起义太平天国运动让他赶上了；西方列强入侵中国的三千年未有之变局让他摊上了；中国几千年封建社会的没落也让他碰上了，而他驾驭的又是一条已经航行了二百年的千疮百孔的破船。更重要的是，清咸丰二年（1852），一个十六岁的姑娘出现了，她出落得俊美可爱，娇媚迷人。恰在这一年，皇太后为咸丰帝挑选秀女，经层层筛选，她幸运地被选中了，几十年以后，她通过自己的努力成为帝国的最高的统治者。她就是慈禧，满族名字的意思是"亲切而欢乐"。被咸丰皇帝选中的慈禧内心是充满欢乐的，而真正让俞樾欢乐的是，咸丰皇帝登基后几个月，就主持了那一年庚戌科殿试，俞樾高中二甲第十九名。

金榜题名，大概是每一个朝代读书人的终极梦想，能够取得二甲第十九名的成绩，俞樾已经非常开心了。他自知自己的楷书不好，明清两朝科举考试对书法的要求是很高的，能够以这样的卷面考中进士，他至少可以告慰曾国藩，老师没有看走眼，他的文采确实斐然。因为在之前的礼部复试中，曾国藩曾经强行把他的试卷判定为第一名。

我们知道科举制度是中国历史上选拔官员的基本制度，明清的科举考试比较重要的三级分别是乡试、会试、殿试。第一级考试相当于全省统考，就是乡试。在京城及各省省城举行，三年一次，考期多在八月，所以又称"秋闱"（闱指考场）。乡试取中的称举人，第一名叫解元。比如苏州有个知名的江南第一风流才子唐伯虎，明弘治十一年（1498）参加乡试，就是当年乡试的解元，后来由于科考舞弊案的影响，被终身取消了科考资格，彻底断送了前程。

通过乡试的举人，可于次年三月参加在京师的会试和殿试。会试是带有决定性的考试，由礼部主办，在京城贡院举行，又称"春闱"。会试被录取的举子，称为贡士，第一名叫会元。殿试是明清科举的最后一级考试，在会试后一个月举行。殿试试题由内阁大臣预拟数种，临时呈皇帝圈定。明清殿试一律不黜落，只排定名次。状元、榜眼、探花前三名列为一甲，算是进士及第。

值得一提的是，俞樾参加殿试那一次，咸丰皇帝钦点的头名状元却实实在在是个苏州人，名字叫陆增祥，成为清朝开国以来第九十名状元，不过，知道他的人并不多，考中状元后，陆增祥担任翰林院修撰，后来做过几年官，以疾告归。这里要重点说的是，在清朝，新录取的贡士，殿试前还须进行一次复试，按成绩分为一、二、三等，这个等级对以后授予官职有很重要的影响。俞樾的高光时刻就是在殿试前的这次复试上，他自己都没想到，他竟然名列复试第一名。

复试的试题为"淡烟疏雨落花天"，在中国传统诗歌中，"落花"很容易表现为"流水落花春去也"等伤感主题，也很容易演绎出落寞忧伤、黯淡衰飒的情调，而这恰是应试诗之大忌。因此这个题目虽然切合时景、缠绵清丽，但是要在这种朝廷大考场合写得"得体"并不容易，想要写得"高妙"，就更是难上加难了。

俞樾在考场上所作的诗歌，是这样的：

> 花落春仍在，天时尚艳阳。
> 淡浓烟尽活，疏密雨俱两。
> 鹤避何嫌缓，鸠呼未觉忙。
> 峰鬟添隐约，水面总文章。
> 玉气浮时暖，珠痕滴时凉。
> 白描烦画手，红瘦助吟肠。
> 深护蔷薇架，斜侵薜荔墙。
> 此中涵帝泽，岂仅赋山庄。

俞樾的这首诗，以"花落春仍在，天时尚艳阳"起首，放在

今天来说，正属于能让阅卷老师"眼睛一亮"的作品。这个阅卷老师不是别人，正是大名鼎鼎的曾国藩。他看到俞樾的这首诗后大为赞赏，评价该诗说："咏落花而无衰飒意，与小宋《落花》诗意相类。"这里的小宋是谁？

在古代众多的诗词名篇中，有的篇章我们或许一时说不出它的词牌名，但其中的名句却是能脱口而出的。还有一个有趣的现象就是，某一位作者会因为他的作品中的名句而被世人记住名字，也有的作者会因为他的成名句而得到一个与名句相关的雅号。小宋就是这样一位词人。"红杏枝头春意闹"的名句，为他赢得了"红杏尚书"的雅号。他的这首词就是《木兰花·东城渐觉风光好》：

> 东城渐觉风光好，縠皱波纹迎客棹。
> 绿杨烟外晓寒轻，红杏枝头春意闹。
> 浮生长恨欢娱少，肯爱千金轻一笑。
> 为君持酒劝斜阳，且向花间留晚照。

翻遍唐诗宋词，将杏花写得充满生机与活力，又不失诗意与美感的句子，还是这句"红杏枝头春意闹"。一个"闹"字，不仅把红杏赋予了人格化的色彩，又在不知不觉间把杏花化作有富含生命感情的事物，更重要的是这个看似平常的"闹"字，令人觉得不只是几株红杏在芬芳吐艳，而是整个大地都呈现出一派美好春光。

他就是北宋词人宋祁。宋天禧五年（1021），宋祁二十四岁，与其兄宋庠以布衣身份游学，投献诗文于名士夏竦，以求引荐。其中一首《落花》诗，宋祁写道：

> 坠素翻红各自伤，青楼烟雨忍相忘。

将飞更作回风舞，已落犹成半面妆。

沧海客归珠有泪，章台人去骨遗香。

可能无意传双蝶，尽付芳心与蜜房。

一般人都以花比喻美女，而宋祁却反过来，以美女的快舞形容花之飞空，以美女残妆形容花之委地。这正是作者的匠心所在，而最重要的最后两句诗，还象征着一个人在艰难困苦中不屈不挠坚持到底的精神，因此为后世所推重。

曾国藩认为，俞樾"落花春仍在，天时尚艳阳"一句，与宋祁《落花》诗有异曲同工之妙，无哀怨、无婉叹，外在景象虽不免萧索寒冷，却透露出内在的坚持与刚强。

俞樾的诗句"花落春仍在"对近代中国来说也是一个巨大的隐喻。对于俞樾本人来说，"花落春仍在"意义非凡，因为这首诗，他在科举复试中名列第一，在总体上提高了名次，终以二甲第十九名进士及第，得以成为翰林院庶吉士。这一切，源于曾国藩不囿于陋习的慧眼赏识，俞樾因此而对其感佩终生。

浙江人陈康祺在《郎潜纪闻初笔》这样记述这件事：

嘉、道以后，殿廷考试尤重字体。道光庚戌，吾浙俞荫甫太史樾成进士，素不工小楷，复试竟冠多士，人咸诧焉。后知由曾文正公。盖公方以少宗伯充阅卷官，得俞文极赏之。且因诗首句云"花落春仍在"，谓与小宋"将飞更作回风舞，已落犹存半面妆"无异，他日所至，未可量也，遂第一进呈。……（俞）因自颜所居曰"春在堂"。

此时的俞樾春风得意，二十九岁高中进士，得曾国藩赏识，并受咸丰皇帝亲自召见，平步青云，仕途一帆风顺，三十五岁时，被外放出任河南学政。世事无常多变化，上任不满一年的俞

樾便被御史曹登庸参劾"试题割裂经义"。后经调查属实，同样是那个咸丰帝下诏，将其革职，永不叙用。

俞樾原本大好的前程突然就此戛然而止，而且毫无回旋的余地，究竟是什么样割裂经义的试题，会让皇帝如此震怒呢？原来，俞樾外任河南学政，转眼又到了乡试的时间，俞樾负责出题。俞樾思来想去，于是出了三个考试题目：一个是"君夫人阳货欲"，另一个是"王速另出反"，还有一个是"二三子何患无君我"。

可能有的人看到这个题目有点丈二和尚摸不着头脑，这就要说到科举制度了。当时科举考试必须是作八股文，而八股文的题目只能从《四书》《五经》中挑选一句话，或者几句话。但由于科举考试的历史源远流长，许多句子已经被用到了，考官为了避免重复，就对《四书》《五经》中的句子截头去尾，或者将不相连的字句拼在一起，这种被称为"割裂题"。

俞樾特别擅长以这种方式命题，他出的题目往往新奇、冷僻，特别为难考生。当时，出题之后，俞樾还特别得意，觉得题目够刁钻，一定能难倒不少考生。谁知道，有人却写了奏折弹劾他，说他有严重的政治问题，还在奏折里硬说"君夫人阳货欲"是指的皇后要出墙，"王速另出反"则是鼓动宗室成员造反，至于"二三子何患无君我"意思是有我在还怕没有皇帝，也就是说他要篡位。

俞樾得知后，着实吓得不轻，可俞樾是一介书生，好意气用事，既不善阿谀奉承，又不肯周旋应酬，官场自然容不得他，被人借机弹劾，革职为民。幸好曾国藩为他极力开脱，咸丰才免了他的罪，不过却革了他的职，永不叙用。

对于一个官员而言，仅仅是革职，其实并不致命，可一旦用上了"永不叙用"这四个字，那就等于是仕途彻底结束，再也没有起复之日。由此可以想见，当俞樾辗转各地最终走进马医科巷内这座园子时的心情，对俞樾来说，也许人生真的就是一场修行，"曲则全，枉则直"，从此他躲进这座小小的曲园，潜心治学，拼命著书，终成一代国学大师。

瘦是山人　寒是津人

　　也许每一个古代文人都有一个归隐的梦吧。

　　古代文人历经仕途蹭蹬，总希望能拥有几亩方田或是躲进一片园林，两耳不闻窗外事，读书治学，过上隐逸日子。在这一点上，被咸丰皇帝下诏革职永不叙用的俞樾，肯定也不例外。从他的那首《采桑子》中"烟蓑雨笠寻常好，瘦是山人，寒是津人，两样生涯一样人"也可以看得出来。

　　俞樾被解职后，并没有回到家乡浙江德清，而于清咸丰九年（1859），来到了苏州。过一年，太平军攻陷常州，俞樾一家逃出苏州，先是迁至绍兴，随即再迁上虞，辗转江浙各地，过着颠沛流离的生活。又过两年，到了清同治元年（1862），正巧他的一位挚友升任天津知府，于是他就带着一家老小二十多人，乘船从上海前往天津。在到达天津之前却遇到了台风，差点儿翻船，好在经过一昼夜的折腾，总算到达了天津港，于是一家人就在天津住了下来，这段时间，日子过得比较艰苦，甚至一度靠借贷度日。

而就是在清同治元年（1862），李鸿章出任代理江苏巡抚，这时候的李鸿章只有三十九岁。清朝有十八行省，李鸿章在这十八位巡抚中是年龄最小的。李鸿章之所以能当上江苏巡抚，自然离不开他的恩师曾国藩心思缜密的谋划。在明清两代，乡试、会试同榜登科者皆称"同年"。"同年"之谊，在官场上可不是一般的关系，考中进士即踏入仕途，"同年"是他们的情感纽带，从此结成官场利益共同体。李鸿章的父亲李文安与曾国藩同一年考中进士，李鸿章是以"年家子"的身份拜在曾国藩门下，成为曾国藩的弟子门生。曾国藩对俞樾有知遇之恩，俞樾同样也一直感激在心，尊为恩师。

清道光二十四年（1844），李鸿章应顺天府乡试，考中举人。俞樾也在这一年浙江乡试考中举人。李鸿章和俞樾同属曾国藩门下，而且是乡试"同年"。清同治元年（1862）的一天，李鸿章在上海，遇到一位乡榜同年时问道："浙江同年有孙琴西、俞荫甫，熟悉吗？"此人回答认识，又问在何处，摇头不知。这里俞荫甫就是俞樾。俞樾，字荫甫，自号曲园居士。恰巧另一位友人到上海，知道俞樾在天津，便告诉李鸿章。李鸿章十分高兴，说："如去信，先代我问候。"俞樾得信后十分感动。

虽然同属曾国藩门下，俞樾与李鸿章又为同年，但此时二人并未见过面。清同治四年（1865）李鸿章升任两江总督，俞樾自天津南归时与其相会，问李鸿章怎么知道他和自己同年。李鸿章告诉他说，是老师曾国藩说的。由于受到曾国藩的赏识，俞樾万分感激曾国藩的伯乐之恩，终生尊其为师，又听说让李鸿章打听他的下落，自是感激涕零。俞樾后来曾经在给曾国藩的信中写道自己沦弃终身，辜负了老师的期望，"由今思之，蓬山乍到，风引仍回，洵符'落花'之谶矣。然穷愁著述，已及百卷，倘有一

字流传，或亦可云'春在'乎？"愧疚之情溢于言表。

俞樾从天津到苏州后致信李鸿章，说明在天津生活的窘况，想在南方谋一职位。不久，被李鸿章介绍到苏州紫阳书院任主讲，此后二人鸿书频传。清同治十三年（1874），他在李鸿章等人的帮助下，购得马医科巷西大学士潘世恩故宅废地数亩，建造宅第，作为起居、著述之所，并利用居住区西北面的原有隙地，凿池叠石、种花植竹，构筑小园，取名"曲园"，自号为曲园老人。

现在园中轿厅内还挂着"德清俞太史著书之庐"的匾额，这个匾额就是李鸿章题写的。匾额下方是一幅俞樾的油画像。轿厅两侧的墙上，八幅国画生动展示了俞樾生平事迹，厅内还陈列着俞樾的部分手迹、墨本和古籍、印谱等物。东路第三进是全宅的主厅，名为"乐知堂"，面阔三间，进深五界。"乐知堂"是俞樾当年接待宾客和生日祝寿、主持晚辈婚礼等喜庆活动的场所。乐知堂西是"春在堂"，那是俞樾当年以文会友和讲学之处。俞樾一直以"春在堂"命名自己的书室，有铭感恩师、眷怀荣誉之意，当年"花落春仍在"的荣光，为俞樾终生所铭，屡屡提及。

清同治十年（1871年）九月二十八日，曾国藩到达苏州，因为苏州是江苏巡抚的驻地，曾国藩此行除了阅兵，还马不停蹄地拜客、看戏、应酬，抽空与俞樾见了一面。作为学生，俞樾特意请曾国藩为春在堂题写匾额，曾国藩还专门在旁边写下这样一段文字："荫甫仁弟馆丈以春在名其堂，盖追忆昔年廷试落花之句，即仆与君相知始也。廿载重逢，书以识之。曾国藩。"

从清道光三十年（1850）复试到清同治十年（1871年），一晃已过去二十多年了，所以曾国藩说"廿载重逢，书以识之"。俞樾把恩师的题字，同样挂了在新造的曲园书房里，自建此宅直到去世，三十三年中大部分时间他都是在此度过的。

曾国藩曾论及自己的两位得意门生："李少荃（即李鸿章）

拼命做官，俞荫甫拼命著书。"虽为戏笑之言，实为知人之论。李鸿章在长达四十年的宦海生涯中，历任江苏巡抚、两江总督、直隶总督、北洋大臣、两广总督等官职，可以说，他的一生始终与"做官"牢牢地捆绑在一起。而被曾国藩赞为"他日所致，未可量也"的俞樾，远离庙堂，埋首文字，皓首穷经，"学究天人际，名垂宇宙间"，走上了人生的另外一条道路。人生祸福相依，虽然他未能像李鸿章那样位极人臣，却通过四十年勤奋治学，成为满腹经纶的著名学者，人生也达到了旁人难以企及的高度。

俞樾不仅潜心读书、著书，还曾在江南讲学，不少书院都慕名请俞樾授课，一时"门秀三千士，名高四百州"，门下弟子众多，个个了得，如国学泰斗、号称章疯子的章太炎，"风流占断百名家"的文化全才吴昌硕，被蔡元培称为"两脚书库"的国学大师陈汉章等，皆出其门下，一时群星灿烂，人生自得一番别样的风采。

同样作为曾国藩的两位得意门生，他们还有一个共同的特点，那就是高寿。李鸿章生于清道光三年（1823），在清光绪二十七年（1901）的秋天走完了全部人生，足足活了七十八岁，历经道光、咸丰、同治、光绪四朝，是货真价实的"四朝元老"。李鸿章去世后，俞樾为他写了一副激愤与伤心兼具的挽联：

一个臣系天下重轻，使当年长镇日畿，定可潜消庚子变
八旬翁完真灵位业，溯壮岁同游月府，不能再逮甲辰科

上联说的是李鸿章一人身系天下安危，也是为李鸿章抱不平，为大清惋惜。甲午战败后，世人归罪于李鸿章，李鸿章被派到广州做两广总督，远离政治中心。俞樾认为如果李鸿章继续担任直隶总督，镇守京畿，凭他的见识和能力，是不会闹出"庚子事变"的。

下联则是道两人的情谊。俞樾进士及第晚李鸿章三年，乡试是同一年中举，所以追忆"壮岁同游月府"，即同一年月宫折桂。眼看六十年就要过去了，第二个甲辰乡试还有三年，李鸿章却去世了，无福"再逮甲辰科"。李鸿章"不能再逮甲辰科"，而俞樾有这个福气，俞樾活到清光绪三十三年（1907），活了八十七岁。

从唐朝开始，皇帝为庆祝新科乡试中举举子而设的宴会叫鹿鸣宴，为新科进士举行的宴会叫琼林宴。到了清朝，中举人六十年后，再加入此科乡试的鹿鸣筵宴，称为"重赴鹿鸣"，进士六十年则称"重赴琼林"。这不仅是一个人的荣誉，而且是一县一府的荣耀。

清光绪二十九年（1903）是俞樾中举六十年，按例当重宴鹿鸣。为此，德清知县戴少铺专程赴苏州曲园与俞樾商量，材料准备好以后，由浙江巡抚具表奉请。不久，光绪帝下谕："俞樾早入词林，殚心著述，教迪后进，人望允孚，加恩开复原官，准其重赴鹿鸣筵宴。"

六十年后，光绪皇帝开恩，让俞樾复任翰林编修，准其重赴鹿鸣筵宴。曾经被"永不叙用"的俞樾此时已经八十三岁了，经过这漫长的一生，白云苍狗，俞樾早已经参透了人生，以年老多病为由没有去。不过，我相信，虽然大清朝这一条已经航行了二百年的千疮百孔的破船快要到岸了，作为一名读书人，在拿到圣旨的那一刻，他的内心还是高兴的。他自己刻了"殚心著述""恩奖耆儒"两方印留用，还特意在春在堂庭前，给自己照了张照片，以作留念。

我倒是觉得，俞樾的一生，其实就是对"花落春仍在"这句诗的最好诠释。人生因这句诗步入仕途，又在低谷时用这句诗激励自己，最后亦是靠着这信念，失之东隅，收之桑榆，心中总是艳阳高照。

最终，他收获了学术的一片春天。

古镇上的女子蚕校

假如你想让我推荐一部意大利作家巴瑞科的小说，那毫无疑问一定是《绢》。

不是因为它像诗一般，很短，也很美，而是因为在书里可以找到我的青春。因执导《红色小提琴》而闻名世界影坛的导演佛朗索瓦·吉拉德把它搬上了银幕，片名他没舍得改，仍是《绢》。

前几天终于有时间看完这部影片，也许只能用美不胜收来形容，那是一次真正的视觉享受。导演着力在银幕上还原小说里的诗情和意境，在他的镜头下，西方的庭院花园，宛如莫奈的油画般迷离斑斓，而日本的冬日山景则带有一抹水墨画的滋味，皑皑山峦、斗笠蓑衣、素净村落……一派浓浓的东方风情溢满银幕。无论是大全景，还是每一个分镜中的中景镜头，以及那些摄影机景框更精细的美学构图，一草一木一人一物都美到了极致。

打动我的除了那优美的意境，更主要是那段因为蚕丝而结缘

的爱情。让我回想起二十年前，青梅竹马的她还在大运河边一座江南小镇的蚕校里读书，我偷偷从城里溜到那里去看她，陪她在红楼的阶梯教室里一起上课，一位留学日本的满头白发的老教授正在讲授着"蚕病学"。和他的讲课相比，更让我感兴趣的是，他课间给我们讲的这所学校的老校长和他的女学生的爱情故事。

那座江南古镇叫浒墅关。小镇、蚕校、老校长，还有那美丽的女学生，听起来就像一段传奇。不过，那节课上，我还知道了家蚕有一种病叫微粒子病。也许蚕丝注定是要与传奇的爱情相关，《绢》讲述的就是一段与蚕丝有关的传奇爱情故事：19世纪中期，家蚕的微粒子病几乎毁了法国的丝绸工业，受丝绸商人巴尔达比约所托，退役军人哈维离开爱妻海琳，赴日购买蚕种。

在当时，这并不是一件容易的事，由于处在幕府末期的日本正实行闭关锁国政策，一切交易只能在暗中进行。在日本他遇上了当时势力较大的贵族原十兵卫，在他的帮助下顺利取得蚕种，并且邂逅一位美丽的东方女子，她神秘而优雅，肌肤如绢丝般柔滑。他们不曾交谈，目光掠过内心有种细微的碰触，悄悄燃起了火花。随着哈维的四次旅程，两人之间的感情越来越深，直至一夜缠绵。远在法国的海琳，靠做教师的微薄收入带着儿子艰辛度日。丈夫的远行，总是让她担心不已，随着时间的推移，海琳渐渐发现哈维似乎有一个异国情人……

记得"蚕病学"的老教授在课堂上讲，当时法国人不知道，其实日本系的蚕种对微粒子病抵抗力远没有中国强，中国系的蚕种才是最好的，特别是江南。我想巴瑞科应该也不知道这一点，如果让哈维来中国，邂逅一位江南小镇的女子，那将是一段更精彩的传奇。

虽然哈维没有来中国，古镇上的这所学校却迎来了任职时间最长的一位老校长，在这里他邂逅一位江南小镇的女子。前几天在报纸上看到它出现在文物保护单位名单中，上面写着"江苏省立女子蚕业学校旧址"，后面还附着它的介绍：前身为史量才创办的私立上海女子蚕业学堂，1912年迁址于吴县浒墅关。

附录的介绍还不够详细，这座古老而美丽的校园值得怀念的远不止这些。1912年秋天，报业巨子史量才从席子佩手里买下《申报》，从此踏上办报之旅。私立上海女子蚕业学堂迁址苏州浒墅关后更名为江苏省立女子蚕业学校，由章孔昭出任校长。六年后，史量才邀请他杭州蚕学馆的校友郑辟疆出任校长，这个校长一做就是半个多世纪，他把毕生都奉献给了蚕丝教育事业。

1918年的春天，十六岁的费达生已是江苏省立女子蚕业学校二年级的学生。那一天，她在校园里遇到一个身材高大、面容严肃的中年人，中年人匆匆经过小女生费达生的身边，像一股小旋风席卷而过，费达生都来不及看清他的容貌。这是费达生与郑辟疆的第一次相遇，这个春天，郑先生刚刚调来江苏省立女子蚕业学校做校长。

人和人的相遇真的是妙不可言，就是这一次春天的相遇，注定了他们一生的缘分，就是这一次相遇，开始了他们长达三十多年的漫长恋爱。直到新中国成立的第二年，这所学校迎来了新社会的第一个校庆。那天下午，全体师生集中在学校礼堂开展庆祝活动。大会开始之前，只见七十岁的郑校长健步走上讲台，台下立即安静下来。他拿起话筒，略略迟疑了一下，说："诸位同志，在校庆节目开始之前，我先宣布一件重要事情，对，很重要，那就是，我和你们的费达生老师要结婚啦！"话音落下，全场一片静默，稍后，爆发出雷鸣般的掌声，经久不息。

那座见证婚礼的礼堂就是西陵堂。如果你现在去浒墅关，还能看到现存的一些民国建筑，包括西陵堂、绿叶楼、西花园及更楼等。走在这些幸存的老建筑间，仿佛西陵堂内话剧社的同学还在排练，唱歌、跳舞、琴声悠扬。西花园内还有美丽的女生白衣掠过，淡淡的鸢尾花瓣泄满青色的石板。那时古雅的绿叶楼就在

图书馆旁，看书看累了，抬头就看得见它，这座民国老建筑不停地诉说着见证过的沧桑往事。

这所学校的校名也几经更迭，抗日战争爆发后，学校曾迁址四川乐山办学，1956 年，学校制丝、丝织与蚕桑专业分开，另建江苏省立丝绸工业学校，也就是后来苏州丝绸工学院，再后来成为苏州大学的一个校区。不过，不管学校的历史如何变迁，那古朴的绿叶楼、宽大的西陵堂、美丽的西花园，还有那长满爬山虎的阶梯教室，总是静静地迎来一届又一届满脸稚气的新生，默默看着他们在这里求学、恋爱、长大，然后又离开，这里留下了他们四年的身影。

只是现在这些都成为记忆，随着城市的变迁，这所老蚕校早已经撤并搬迁到其他地方了，那大片大片的桑田也都已经变成了公园，让人欣慰的是，现在这里已经开始着手文化历史资源的挖掘与开发了。

记忆里的女生

　　当年的女子学校现在已经被岁月慢慢遗忘在角落了，但京杭大运河边操场上的那棵古老的银杏树依然安静地站在路旁，它的每一个叶片都写满青春的记忆。

　　前些日子，整理旧物，从一堆杂物底下翻出几张泛黄的纸片。展开看，竟是大四时手绘的漫画。一边看一边忍俊不禁，已经记不清当时是什么情形，大概是上课时百无聊赖，抽了几张便笺纸随意画的，从同桌传到后排，几乎流转了全班，每个人都给配上了几句恶搞台词。

　　可爱的小鱼儿、爽朗的燕子、敢爱敢恨的薇薇，还有小青……都留下不同颜色的笔迹啊。那时候大家都没有了压力和牵挂，只等着拿毕业证，期待开心的毕业旅行。时间过得真是好快，转眼十多年都已经过去了，小鱼儿、燕子、薇薇还有小青，是那时男生们卧谈会谈得最多的女生，也是偶尔同学小聚聊起最

多的话题。

　　小鱼儿可以说是大一新生中最可爱的女生，有着漆黑而明亮的眼睛和一对甜甜的酒窝。记得新生文艺会演时，她跳过一段很漂亮的民族舞《楼兰姑娘》，穿着薄纱拽地的绿色的民族服装，舞姿轻盈，看得我们一帮男生心醉神迷。不过很快我们就发现她和艺术系一个男生牵手走在校园里，我们班的男生只有羡慕嫉妒恨了。

　　女生中和我们玩得最好的就是燕子了，一个来自大连的美丽姑娘。让我们想不到的是，她比男生还要喜欢足球。有一次系里足球比赛，没想到，她竟会为一场球赛的失利哭得那样伤心。老三总在宿舍说要追她，主动请她宿舍的女生看电影。我们专门安排到一个远一点的电影院去看，或许等散场后，大家结伴而行，说不定还能有点什么情况发生。谁承想，天公不作美，从电影院出来，大雨倾盆，我们匆忙跳上公共汽车就走了，留下老三和她们在雨中。至今，同学聚会时开玩笑说起这事，还怪男生们诚意不够，没有福分。

　　最让我们挂念的还有薇薇，她来自美丽的大草原，她的家乡在内蒙古赤峰。薇薇的性格很开朗，能喝酒，曾经喝趴下了三个男生。有一次，班级一个同学的生日聚会，薇薇提议去酒吧。酒吧里，劲爆的舞曲狂泄而下，帅气的歌手穿着黑色的演出服又唱又跳，舞步刚劲而有力，脖子上系了一条红色的围巾，围巾随着他身体的跳跃而飘动。搞艺术的男人天生有一股致命的魔力，薇薇目不转睛地看着他，仿佛自己的心也随着红围巾飘动。

　　谢幕后，薇薇看见他站在离她很近的吧台边上和好像很熟的人在说些什么，说着说着他就回过头来，然后薇薇像做梦一样看着他走过来，就这样认识了。后来，薇薇疯狂爱上了他，每天都傻傻坐在台下，看他演出，听他唱歌，很起劲地鼓掌，觉得他就是全场的焦点。玩乐队，很费钱，请人编曲，买乐器什么的。他要是缺钱，就猛抽烟，甚至一边喝酒一边流泪，看得薇薇心疼不已，每次都拿出钱来给他。

有一天他说要演出，薇薇一个人逛街。这世界上的事情，总是那么巧，薇薇看到他拥着一个美女从商场出来。薇薇伤心不已，割腕自杀，暗恋她很久的同学阿东飞奔送往医院，所幸救助及时。后来，薇薇发现他有好几个这样的女友，她只是其中的一个。再后来，薇薇嫁人生子，生活幸福，丈夫就是那个阿东。

每个女人年轻的时候都爱过一个叫混蛋的男人吧。前几天在微信聊天还说：这世界上最可怕的事情不是不小心爱上了一个资深的混蛋，而是爱上了一个混蛋而没有被他甩掉，或是等他甩掉你的时候，你已经不够年轻了。

小青老家就在长江边上，是一个标准的江南美女，来这座城市上大学，是因为心中的那个他想考这所大学。他是高中时隔壁班的男生，很帅，追他的人好像也特别多，有时候小青会故意在他教室门口拉着朋友转悠。可最后是，他并没有考上这所学校，去了东北。

大二的下学期，在图书馆遇到了一个东北男生，长得很像他。就这样他们恋爱了，一起泡图书馆，一起去食堂，无话不说，亲密无间，还会时不时地憧憬未来的婚礼。

时间过得很快，转眼毕业了，他考上家乡的公务员，小青也在这座城市找到心仪的工作。空间阻隔还是慢慢拉开了两人的距离，他努力过，希望考公务员回到这座城市，可是失败了。坚贞的爱情最后还是败给了距离，他提出了分手，两年后他和局长的女儿结婚了。而小青在父母、七姑八姨以及她的同事、街坊邻居的安排下，不断相亲。也许爱情的花盛开过，就很难再找回那样的感觉了。

久违的事现在想来还是甜甜的，每个男生或许都暗恋过身边那个扎着马尾的好学女生，每个女生也或许曾被身边那个调皮捣

蛋的男生逗乐……每个人心中都有一段叫作青春的美好记忆。那个时候以为漫长得看不到头的青春真的已经远远地离开了我们，在现实的压力和繁忙之中，我们甚至都没有时间偶尔去回望那美好的青春时代。

许多人和许多事都已定格在那一时段记忆的深处，任岁月如何冲刷都难以抹去。也许青春就是一场大雨，即使感冒了，每个人都盼望能回头再淋它一次。

为我名山留片席

一天，闲来无事的俞樾，无意间走进一条叫马医科的小巷，他看中了这里一块形状如曲尺的土地，在朋友的资助下买了下来。他亲手规划，凿池叠石，栽花种竹，并取老子"曲则全"之意，在这里建成一座"曲园"，从此在苏州安下了家。此时的俞樾正在紫阳书院讲学，门生众多，声名远播。久闻大名的浙江巡抚亲赴苏州，特意来邀请他出任杭州诂经精舍山长，也许是因为盛情难却，俞樾在清同治七年（1868）来到杭州讲学。

由于家小都在苏州，俞樾只有每年春秋才来杭州讲学。众弟子见老师一人住杭州，生活清苦，便发动同学捐资，于清光绪四年（1878）他执教十周年之际，送上一份厚重的谢师礼：在孤山修筑起一座中式两层楼房，命名为"俞楼"。俞樾看见孤山的这座小楼，老泪纵横，特意作诗答谢：

桥边香冢邻苏小，山上吟庵伴老坡。

多谢门墙诸弟子，为余辛苦辟新窝。

　　从此，俞楼便成了俞樾在杭州的家，每当他来杭州，必定弟子云集，孤山也从此迎来了一位国学大师。

　　孤山是一个充满诗情画意的地方。孤山在杭州西湖的里湖与外湖之间，东连白堤，西接西泠桥，四周碧波萦绕。也许是孤山上的文化名人太多了，来杭州西湖的游人，很少有人知道，这幢古色古香的建筑因何而名，其记录的又是怎样的一段历史。

　　和俞楼有着同样待遇的建筑，在孤山还有一个。孤山北麓有一片梅林，每当梅花迎风开放时，总有人前来拍照打卡，而在那片梅林旁，一座典雅朴素的小楼却无人问津，那就是离俞楼不远的林社。在孤山，林社算是一个标志性的建筑了，但在整个景区里却又是那么不显眼，相比苏小小墓、断桥、曲院风荷……每个景点都是热热闹闹的有许多游人，林社确实有些寂寞。

　　林社的名字来源于清代杭州知府林启，杭州人民为了纪念他，在他长眠的孤山脚下建起了林社。据说，他十分欣赏北宋文人林和靖"梅妻鹤子"的隐逸情怀，于是在孤山补种了几百株梅树，以续写孤山与梅花的不解之缘。

　　甲午战争，清军战败，慈禧太后却挪用建海军的经费去建造颐和园。清光绪十八年（1892），林启愤而上书："请罢颐和园之役，以苏民困"，由此得罪了慈禧太后和亲贵大臣，次年被外放到浙江任衢州知府。他在衢州任职虽不到两年，却做了许多好事，概括起来，主要集中在两大方面：一是重视生产，发展经济；二是兴办教育。两年后，因为政绩卓著，调任杭州知府。

　　人们大都知道杭州历史上两位名声赫赫的父母官——白居易和苏轼，白有白堤，苏有苏堤；却很少有人知道，这位清末的知府林启，在杭州任上五年，同样留下了传世之笔，那就是浙江大学。他到杭任知府的第二年，在杭州设立了"求是书院"，这正是浙大的前身。不仅有求是书院，今天的浙江理工大学，亦在同年建立，名为"蚕学馆"。

清光绪二十三年（1897）八月，杭州知府林启在西子湖畔（现曲院风荷公园内）创办了"蚕学馆"，揭开了我国近代纺织和农业教育的帷幕。蚕学馆目的在于除去蚕微粒子病（民间最头疼的蚕瘟），培育无毒改良蚕种，并将优良蚕种和饲养技术通过学生推广到民间，振兴桑蚕丝绸业。蚕学馆学制为两年，学生多为秀才，面向全国招生。其办学宗旨、办学成效，得到了社会充分肯定，被誉为"开全国蚕桑改良之先声"，受到清廷嘉奖。

杭州蚕学馆后改为浙江蚕业学校，后又几经更名，1976年改为浙江丝绸工学院，1999年4月更名为浙江工程学院，2004年5月更名为浙江理工大学。不过，很少有人知道这所蚕学馆与苏州浒墅关的那所老蚕校有着怎样的渊源。

清光绪二十四年（1898），刚刚成年的郑辟疆离开慈祥的父母和亲爱的弟妹，只身前往杭州蚕学馆应考。郑辟疆出生于苏州吴江盛泽一个清贫的儒医家庭。吴江盛泽地处杭嘉湖平原，蚕桑丝织业十分发达，让郑辟疆从小就爱上了蚕丝事业。

三年后，又一个秀才走进了杭州蚕学馆，他就是史量才。他幼读私塾，刻苦钻研，曾考中秀才。后因受戊戌变法思想影响，而放弃科举，改为学习日语和自然科学，并于光绪二十七年（1901）考入浙江杭州蚕学馆。可以想见，作为校友的两个年轻人，史量才和郑辟疆在杭州蚕学馆就应该熟识并经常交流。

通过在蚕学馆的学习，史量才热切盼望能为国家做点实事，好让自己的爱国抱负有个施展的机会。于是，他利用寒假，号召当地的乡民自己筹钱创办了一所学校。他说："救国之本是教育，唯有教育方可兴国。"毕业后，年仅二十四岁的史量才在上海创办女子蚕桑学堂，开创了我国女子科学教育的先河。史量才创办

的女子蚕桑学堂，民国初年改为江苏省立女子蚕业学校，并自上海迁至苏州的浒墅关镇。郑辟疆在山东青州蚕桑学堂、山东省立农业专科学校执教十三年后，于1918年应邀自鲁来苏，任女子蚕业学校校长，长达半个多世纪。

如果你现在去杭州，去西湖游览，走进曲院风荷，踱步到公园中部，会见颜体大字"蚕桑学堂旧址"刻于石上，古朴清雅。作为浙江理工大学前身的蚕学馆已经无从寻觅，不过透过这块历史的碑刻，仿佛可以想见，一代报人史量才，年轻时曾在北山街数年苦读；长袍马褂的青年郑辟疆，星夜在实验室显微镜下研究蚕种蚕丝……

一寸横波剪秋水

西子婉约，风情无数。

杭州，这座浪漫了千年的城市，每一个到过在这里的人，都应该有一个自己的浪漫故事。一直以来都很喜欢杭州，喜欢西湖，喜欢依附于西湖的美丽的爱情故事。

西湖的美是适合爱情居留的，万松岭上，梁祝化蝶之曲的前奏已在耳边萦萦悠扬；西泠桥畔，苏小小的凄美爱情会有更多的人去细心倾听……不知道是因为西湖的山山水水融进了爱情，还是爱情汇入了西湖的山山水水？这片山水始终是爱情的唱响地，多年来，融入了经典的爱情，刻画了凄美的绝唱，升华了悲怆的传说。

坐在苏堤的长椅上。堤上柳如烟，柳如雾，行人如织。对面或是白堤、孤山的倩影，或是杨公堤一带的翠色，无不显得秀气和精致，映在波光里，如一幅水彩画。阳光从湖面照过来，照到

身上，暖暖的，懒懒的。日落时候，沿着北山街向西湖的背面走。正对着孤山，北山街 38 号——不仔细看已经分辨不清的门牌，秋水山庄四个白底红色行楷，心里难免一惊，就是这里了。

我走近它。这是一幢三间两层的中西风格相融的小楼，建筑面积约四百平方米。小楼面朝西湖，对面是"孤山孤绝谁肯庐"的放鹤亭，为林逋"梅妻鹤子"之所。

立于楼前细细欣赏，只见飞檐翘角，四根青石柱子竖立门旁，雕花石栏横于阳台，隐格花窗点缀楼面，花窗围墙为清水砖砌，铸铁门楼高大轩敞，上有匾额"秋水山庄"。

穿过小楼，是一个仿照《红楼梦》中怡红院体例建造的庭院，充满古色古香的情调。庭院很小，摆放着石桌、石凳，供人休憩。四周罗列花树，中间设有亭台廊棚、小巧玲珑的假山和一个小池。曲池中养着各色金鱼，穿绕其间的花径用鹅卵石铺成。引我遐思的是一弯睡莲。此时的她不再有鲜妍的花朵，叶子却依然鲜嫩翠绿。看着她静静浮于水中，感受着四周草木的幽香，顿时心动起来。

这静卧的睡莲，不正像这幢小楼的主人沈秋水吗？

秋水，是一个女人的名字。

沈秋水原名沈慧芝，幼时是上海滩的雏妓，成年后被一皇室贝勒重金赎走，携往京城。几年后，贝勒爷病故，沈秋水带着贝勒的部分财物重回上海滩。

她来到上海故友家，故友喜出望外，立即拉着她去吃饭，并将她的财物交给当时在座的一个朋友代为看管。等他们兴尽而归时已是深夜，那个朋友还在。

那个人就是史量才——故事的男主角，当年上海新闻界赫赫有名的人物。说到民国报业史，必说史量才，而说史量才波澜起伏的一生，必要说到沈秋水。

1912 年，在风诡云谲的上海滩发生了一件轰动一时的大事。

一个刚过而立之年的《时报》记者，居然一下子拿出了十二万银圆，和别人合伙买下了《申报》，成了当时上海滩最年轻的董事长之一。

这个人，就是来自上海近郊泗泾镇的史量才。史量才的真正发迹，是他在上海遇见一个叫沈秋水的女子。如同杜十娘一般集才貌、财富于一身的沈秋水，在嫁入史府时到底带了多少钱？传言她身边的钱财有八十万之巨，压箱底的首饰价值二十多万。后来，一出手便是十二万银圆的史量才，正是因为有了沈秋水的陪嫁巨资，才出手如此阔绰。

坊间盛传"说《申报》必说史量才，说史量才必说秋水夫人"，实是有本而来，洵非虚言。只可惜，愿得一心人的沈秋水，最终的结局亦是凄凉。数年后，史量才又娶三姨太，还喜添一女。

史量才是喜欢且懂得沈秋水的，史量才在杭州西湖边造了"秋水山庄"。丈夫又爱上了其他女人已是事实，但看到他如此精心为自己准备的礼物，沈秋水说不感动是假的。

她慢慢接受了现实，安心在"秋水山庄"静候史量才的到来。一个飘着深秋桂香的午后，史量才远眺湖山，兴之所至挥毫写下一首诗：

> 晴光旷渺绝尘埃，丽日封窗晓梦回。
> 禽语泉声通性命，湖光岚翠绕楼台。
> 山中岁月无今古，世外风烟空往来。
> 案上横琴温旧课，卷帘人对牡丹开。

刚写完，沈秋水便抚琴谱曲。眼前是美景，身边是爱人，如此岁月静好，哪怕并不多，但拥有一分便有一分的欢喜啊。事实是，在这如世外桃源的小楼中，沈秋水拥有这样的时光并不多。

　　1934 年 11 月 13 日傍晚，史量才在沈秋水、儿子史咏赓的陪
同下，乘坐自己装有防弹设备的小轿车返回上海。就在沪杭公路
上，他们遭到了暗杀，一代报业巨子就这样殒命荒野。心灰意冷
的沈秋水，却只能孑然一身住在史量才在西湖边为她建造的秋水
山庄里。

　　西湖是柔和的，婉约的，西湖的爱情印象也是柔和的，婉约
的，那些关于西湖的爱情传说，比如白娘子，比如苏小小，比如
沈秋水，她们凄美动人的浪漫爱情，亦如眼前的西湖。

第六章

藏在景德路的明朝那些事儿

尼姑思凡

　　有人说，人生有三种状态：金刚怒目，菩萨低眉，尼姑思凡。

　　第一个状态是说，人要有血性，关键时候敢于像金刚一样横眉冷对，怒目圆睁，"路见不平一声吼，该出手时就出手"。

　　第二种状态呢，告诉我们人生在世，不能一直金刚怒目，太刚易折，柔软才能长久。因此，菩萨也有低眉时，除此之外，还要有菩萨的柔软心肠，得饶人处且饶人。

　　第三种状态，最有意思，也是人人都喜欢的。每个人都有欲望，就像小尼姑会思念凡间的生活，谁也不比谁高贵，不要虚伪掩饰，学会放过自己，遵从自己的内心，活成自己想要的样子。

　　在世人的眼光里，就像小和尚就是要下山历练一样，似乎小尼姑就是要思凡的，也许不经历一番世间的阡陌红尘，是不足以参透人生，大彻大悟的。

昆曲《思凡》里面有这样一段唱词：

奴把袈裟扯破，埋了藏经，弃了木鱼，丢了铙钹。学不得罗
刹女去降魔，学不得南海水月观音座。

夜深沉，独自卧，起来时，独自坐。有谁人，孤凄似我？似
这等，削发缘何？恨只恨，说谎的僧和俗，哪里有天下园林树木
佛？哪里有枝枝叶叶光明佛？哪里有江湖两岸流沙佛？哪里有
八千四万弥陀佛？

从今去把钟鼓楼佛殿远离却，下山去寻一个少哥哥，凭他打
我，骂我，说我，笑我，一心不愿成佛，不念弥陀般若波罗！

多么精彩的唱词，与其隐忍委屈，不如活出最坦然真实的自
己。在这个世界，活出自己是多么艰难的一件事情，大多时候，
最终我们还是活成了自己最讨厌的模样。其实，"思凡"的背后
是每个人内心的反抗，是大胆地冲破牢笼，去追求自己的幸福。

《思凡》里貌美如花的小尼姑赵氏，法号色空，自幼在仙桃
庵出家，终日烧香念佛，及至情窦初开，始悔遁入空门之中。明
朝嘉靖年间，苏州虎丘法华寺内同样也有一个气质出众的小尼
姑，法号智贞。家道中落，自幼被兄长逼迫出家，终日在庵堂内
吃斋念佛，"可怜绣户侯门女，独卧青灯古佛旁"。

一日，苏州阊门一带的"富二代"金公子因为跟家里老婆吵
架，心情不爽，在一帮弟兄的陪同下，去虎丘游玩散心，误入法
华寺，在转弯处偶然发现一个年轻的小尼姑，站在桃花树下拈花
凝望，双颊染上一抹淡淡的潮红，眉眼间却透着一股淡淡的哀
伤，让人顿生怜惜之情。

人生的缘分，或许是早已注定的。这茫茫人海中，每天有多
少的相遇，每天又有多少的匆匆擦肩而过。也许，每一个红尘路
口，都有一个人在等你，只为一次倾心的相遇，如开满桃花的山

野，不早也不晚，就那么遇见了，一个桃花面，猛然惊了心，艳了眼。

金公子看见面若桃花的小尼姑智贞，愣在那看出了神，等回过神来，想去上前搭讪，小尼姑看见风度翩翩的公子，纵是倾心也早已害羞得一溜烟儿躲进了禅房。金公子自从那日见了小尼姑，就深深印在心里，再也放不下，"晓看天色暮看云，行也思君，坐也思君"。

放在当下，金公子可以去加个微信，跟小尼姑聊聊天，一诉衷肠，可是在古代，日思夜想，这让公子如何是好？

金公子还是有办法的，每日不停地往法华寺跑，每次都会使银子托老尼送一封情书或是书画、点心之类给小尼姑。久在佛堂的小尼姑突然收到求爱信号，心情有点忐忑不安，不过，内心的喜悦大于不安，一颗萌动的少女心在春天里悄悄地和庵堂转角的桃花一样开了。"花朝月夜动春心，谁忍相思不相见"，情窦初开、懵懵懂懂的少女，又爱又怕，心烦意乱，她暗暗地思念着意中人，却无法相见。

每日来法华寺的金公子也是心痒难耐，经老尼点拨，给寺院捐了一笔不菲的香火钱，给住持说想来寺里安心静养，住上一段时间，住持毫不犹豫答应了，在外院给他寻了一个僻静地方。金公子心里自然是乐开了花，再加上老尼姑的暗中帮助，当小尼姑夜晚再看到金公子那英俊以及充满男性阳刚气息的脸庞时，她的内心彻底沦陷了。

爱情就是有魔力，它会让男男女女们如飞蛾扑火一般。小尼姑智贞真的是"寻了一个少哥哥，凭他打我，骂我，说我，笑我"。转眼金公子在法华寺住了有一段日子了，两人浓情蜜意化不开，如胶似漆。桃花开罢梨花来，也许是世事无常，也许是欢爱也遭天嫉，造化弄人，金公子偶感风寒竟然一病不起，弥留之际把祖传之物——玉蜻蜓扇坠作为定情信物送给了小尼姑。

最关键的是，此时的小尼姑智贞突然发现自己已怀有身孕。十月怀胎，偷偷生下一个男孩，起名金时行。无奈写上一封血书，记下生辰八字和来龙去脉，连同祖传信物玉蜻蜓扇坠塞在襁褓内，一个风雨交加的夜晚托老尼姑送子归还金府。

但老尼姑在路上受惊，把婴儿丢弃在了山塘街一座古桥下。早起的豆腐店店主恰好路过，便将其抱回抚养。不久豆腐店毁于大火，因生活困苦，店主无奈将孩子卖给苏州离任知府徐尚珍，徐无儿子因而视为己出，即改名为徐时行。

私生子似乎大都天资聪颖，在徐知府的精心培养下，徐时行才华横溢，远近闻名。后来在嘉靖四十一年（1562）殿试中一举夺魁，嘉靖皇帝钦点状元。

徐时行中了状元，此时，徐尚珍将其母智贞血书和玉蜻蜓扇坠交给徐时行，并告诉其身世。徐时行在血书中读出亲生母亲为法华庵尼姑智贞，遂前往法华庵，凭玉蜻蜓扇坠与亲生母亲相认。因为得中状元，衣锦还乡回到苏州金家认祖归宗，皆大欢喜。中国的传说故事为什么总是喜欢大团圆的结局？想想也是，现实已经够悲苦了，何妨在故事里美好想象一下。这样想来，小尼姑床第之欢酿下的苦果，何必又那么残忍，非要搞个悲惨的结局给大家看，自然还是苦尽甘来，欢欢喜喜的好一点。

这个故事当然也被中国传统戏剧一而再地搬上舞台，有越剧，有锡剧，有扬剧，有苏州评弹，大都是优秀保留剧目，还被拍成电影上映，故事的核心内容也都差不多，它们的名称都是《玉蜻蜓》，只是男主角的名字会有差别，有的叫金时行，有的叫徐时行，也有的叫申时行。

不过，这里要提一下的是，历史上，嘉靖四十一年（1562）殿试中一举夺魁，被嘉靖皇帝钦点的状元确实是申时行——后来的大明朝内阁首辅大臣。申时行是苏州人，据说申时行祖父从小过继给徐姓舅家，故时行幼时姓徐，中状元后归宗姓申，改名申时行。他的故居就位于景德路和汤家巷交界处，清光绪年间此处宅院归属于杨姓主人，现在又称为春晖堂杨宅，后来修缮成为苏州中医药博物馆。

《玉蜻蜓》在江南一带流传很广，作者是谁，已不可考，当然也有可能历代相传，逐步完善，形成现在的剧本。但为什么有人编排戏剧影射大明朝内阁首辅大臣申时行？原因不得而知，民间有说法：徐时行与王锡爵分别是嘉靖四十一年（1562）的殿试状元和榜眼。太仓王锡爵后人不忿申时行抢了王锡爵的状元，王家门客便编出了《玉蜻蜓》诋毁申家，传唱申时行贵为内阁首辅，却是个私生子，母亲还是个尼姑。这当然仅是一个传说，没有足够的历史证据，相反历史上两家还一直有交往，关系不错。

不过，有一点是真的，由于《玉蜻蜓》这部书对苏州的状元宰相申时行的影射，申家后代认为这是恶意糟蹋申家祖宗的行为，曾告到官府，要求禁演《玉蜻蜓》。

当然，从另一个角度讲，由于禁演，但又屡禁屡演，而且演出的范围还越来越大、名气越来越响，只要看到《玉蜻蜓》，也必然会说到申时行，也让这位大明朝内阁首辅家喻户晓。

当垆春色今何在

　　一群朋友聚餐，有人借酒兴大谈明朝那些事儿，兴致浓时，席间一个研究历史的教授突然提问："你们知道咱们今晚喝的1573是历史上哪一年吗？如果有人知道，今晚我买单，哈哈。"

　　1573是哪一年？还真没有人知道。一桌子酒囊饭袋只知道，这酒好喝。"那我来告诉你们，估计这辈子你们都不会忘记了。明隆庆六年（1572），明穆宗驾崩，十岁的小皇帝朱翊钧即位，第二年改元万历，也就是说，1573年是万历元年，中国进入明朝万历时代的第一年，也是这一年，泸州舒承宗开始酿酒。"教授得意地说着，说完拿起桌上的酒杯，一饮而尽。

　　确实是这样的，明万历元年（1573）这一年，四川人舒承宗解甲归乡。他是泸州人，之前在陕西略阳城做武将，年轻时习武好酒，戎马生涯常常把酒问盏。可是，明朝政治、军事的腐朽，让他渐渐厌恶了军旅生活，他思念家乡的父老乡亲，思念家乡的山山水水，更思念家乡美酒。

回乡不久，舒承宗就开始选址、建窖池、开酒坊。明万历元年（1573），他在泸州南城的营沟头选择了一块适合酿酒的风水宝地，并采用城外五渡溪岛上的优质黏性黄泥，和凤凰山下龙泉井水筑窖酿酒，最终建成了酿酒作坊。

舒承宗为其取名为"舒聚源"，意为人源（缘）、酒源、财源滚滚汇聚于此地，"舒聚源"专酿大曲酒，自明万历元年（1573）建成投粮酿酒至今，从未间断过生产。四百余年后，当年舒承宗创建的酿酒窖池，以其建造最早，保存最完好，持续使用时间最长，被确定为全国重点文物保护单位。

这一年除了有人回家酿酒，也有人做皇帝改年号，中国进入明朝万历时代，自此开启了超长待机四十八年之久的万历王朝。

1573，时间坐标上一个普通的数字，却是历史上重要的一年，此时国家大体安享和平，庞大的农业帝国内出现了一个相对成熟的商品社会。但从世界看，这一年世界上的主要国家正在动荡中前行，动荡的最终结果则是世界格局的完全改变。

由于万历皇帝继位时，不过是十岁的孩子，难以独当一面，需要有人辅佐，这时一个荆州人走上历史的前台，他就是大名鼎鼎的张居正。

张居正出生于明嘉靖四年（1525），其时，先祖的余荫早已不能关怀庇护他，留给他的只是曾祖父的一个白龟梦。梦中的月亮落在水瓮里，照得四周一片光明，然后一只白龟从水中悠悠地浮起来。

曾祖父认定白龟就是这小曾孙，于是信口给他取了乳名"白圭"，希望他来日能够光宗耀祖。白圭的确聪颖过人，很小就成了荆州府远近闻名的神童。明嘉靖二十六年（1547），二十三岁的张居正参加殿试，考中二甲第九十名进士，被朝廷选为庶吉士，进入翰林院学习。

明朝考取进士的，一般直接任职，极优秀的进入翰林院实习，称为庶吉士。当时，翰林院没有实质性行政事务，职清务简，地位却很高。自明朝中期起，"非进士不入翰林，非翰林不入内阁"。翰林院可以说是内阁官员的摇篮，大明江山二百七十六年，一百七十多位内阁宰辅大臣，绝大部分来自翰林院。成为庶吉士的张居正，已经具备任内阁大臣的条件了。

书读得好，未必就能有好的发展，还需要贵人扶持。张居正运气很好，他的第一位老师就是当时的内阁重臣徐阶。徐阶作为张居正的老师，也是他的引路人，将张居正一步一步推到重要的位置上，让他掌管翰林院培养自己的势力。

身处翰林院清闲之地，张居正却能时刻留心政务。明嘉靖二十八年（1549），二十五岁的翰林院编修张居正，向皇帝上了一道《论时政疏》。在奏疏中，张居正指出当时的政治弊端，以及君臣上下交流不畅的"血气壅淤"之病。不过，这是张居正在嘉靖年间仅有的一道奏疏，并没有引起明世宗和严嵩的重视。张先生没有等到任何回复，而这也教会了张先生一个道理：弱小的人，没有发言权，而要有发言权有作为，就要坐到一定位置上。

当然，张居正也是从接触徐阶后，才开始了解朝廷的腐败和内阁的争斗，可以说嘉靖朝四十五年的内阁权斗，在整个明朝历史上是最为激烈的。大臣之间拉帮结派、相互攻讦的风气，在嘉靖年间逐渐形成，而这其实可以看作是导致了大明王朝倾覆的重要原因之一。由于朱元璋废除宰相制度，内阁成为朝廷的中枢，首辅则是阁臣的首揆，堪称一人之下万人之上。嘉靖一朝的内阁首辅，换了一茬又一茬，首辅的更替如此频繁，说明了政局的颠簸、权斗的激烈，以及结果的残酷。

但不管怎么换，都有一个特点：一个比一个有心计，从夏言、严嵩、徐阶、高拱、张居正的情况来看，都是以心计而战胜前任的。

张居正进翰林院时，内阁首辅是夏言，是他老师的老师，夏言刚正不阿，公道正派，扳倒了善于阿谀和结党营私首辅张璁，又将贪赃枉法的权贵郭勋打入大牢。在他的管理下，大明王朝渐渐有了新的气象。

只是这时出现了一个大奸臣，那就是严嵩。严嵩一味地讨巧，对皇帝投其所好，并且利用自己的地位，不择手段打压异己，内阁首辅夏言被严嵩以谣言污蔑，下狱七个月后被斩首，全家被贬流放。此后，大明朝逐渐进入党争的恶性循环当中。

徐阶作为夏言的学生、张居正的老师，在夏言的提携下进入内阁，成为仅次于严嵩的内阁次辅。徐阶聪颖，有权谋而不外泄，善忍耐，是个地地道道玩弄政治的柔术高手。嘉靖末年，他成功扳倒了权势滔天的严嵩，也算是为他的老师夏言报了仇，这也是他人生最精彩的一页。

嘉靖帝年龄越来越大，又长期服用朱砂等炼制而成的长生不老丹药，终于，在嘉靖四十五年，嘉靖帝驾崩于乾清宫。嘉靖帝去世后，由内阁起草遗诏，这本应由全体内阁成员商议决定，但徐阶私自和张居正起草了诏书。徐阶作为内阁首辅，就算他自己起草诏书也无人敢说什么，毕竟当时权势最大的就是徐阶。徐阶十分看重张居正，把张居正看作真正的接班人，于是让张居正同他一同起草这道无比重要的遗诏。

徐阶的这个操作，直接得罪了同在内阁的高拱，此时的高拱已经完全不一样，因为将登基的隆庆皇帝是他的学生。高拱作为隆庆帝的老师，位高权重，起草遗诏这等事情竟然把他排除在外，这令高拱极为愤懑。

上台后的隆庆皇帝重用自己的老师高拱，有学生隆庆帝撑腰的高拱，三两下便把彼时已经辞官回乡养老的徐阶给整治了，将徐阶的家产良田悉数收回，还把徐阶的两个儿子也贬去戍边行苦役，成功扳倒了徐阶。

可惜，隆庆皇帝沉湎女色，寿命不长，做了六年的皇帝就一命呜呼了，十岁的万历皇帝继位。万历皇帝的母亲李太后则是十分的担忧，一来是怕儿子的皇位坐不稳，二来是怕儿子会被一些心存恶念的人教坏。这时陪着万历皇帝长大的大太监冯保，向李太后推荐了张居正，而冯保推荐张居正的原因有二：一是张居正与冯保的关系颇深；二是冯保陪着万历皇帝长大，而万历皇帝也同样喜欢这个大太监，所以在了解张居正确有教导小万历的能力这才推荐了他。

作为万历皇帝的老师，张居正可谓是尽心尽力，就是对待万历这个小皇帝有点过于严厉了。不过，张居正时刻没忘记给老师徐阶报仇，由于有了小皇帝的撑腰，再加上与大太监冯保联手，他顺利扳倒高拱，自己取而代之，开始了自己内阁首辅的生涯，同时也开启了被称为明王朝暮色中最后耀眼光辉的十年。

明万历元年（1573），刚当上首辅大学士不久的张居正在一封信中说：我前年冬天读《华严经》，很有感悟，当时内心就发下誓愿，愿以深心奉尘刹，不于自身求利益！收信人是云南大理的朋友李元阳。李元阳任荆州知府时，曾对当时年幼的张居正非常赏识。在给李元阳的信中，张居正表露了自己为国家而不计身家利害的宏愿。

相信张居正的初心是好的，只是，这时候的张居正已经到达了权力的鼎峰：朝中没有大的威胁，太后又十分欣赏自己，小皇帝年纪还轻，不太可能亲近小人。他开始推行"万历新政"，实施了明朝最为著名的"张居正改革"，他以一己之力把当时已经摇摇欲坠的大明王朝从悬崖边上拉了回来，又苟延残喘了七十多年。

改革总要触动一部分人的利益，改革成功的有多少呢？并不多。范仲淹在搞庆历新政的时候，也希望通过改革，革除宋仁宗时期的官场颓败之相，可惜宋仁宗本人没有什么魄力，导致改革最终失败。王安石遇到了相同的问题，他下定决心搞改革，希望北宋越来越好。为此他两次被罢免相位，仍矢志不渝。结果因为宋神宗的妥协，还是失败了。两次变法的失败，北宋后期腐败无法遏制，最终宋徽宗和宋钦宗把北宋的大好河山给葬送了。

张居正的改革，之所以能够贯彻下去，主要是因为万历皇帝年纪太小了，朝中大小事务，全都是张居正一个人说了算。天时地利人和，促成了张居正大力推行新政。首先，他整顿干部队伍，其实也就是抓作风效能，搞了一个考成法，跟我们现代公司里的KPI差不多，比如朝廷下达公文到某个省，计算一下距离有多远，官员应该在多少天之内办好，并汇报到中央。公文收到几天以后处理得如何，要有个考核，这样地方官员的压力就很大。

干部队伍整顿好了，接下来顺利多了，十年时间，从整顿吏治的考成法，到调整农商关系，由重农抑商转换成农商并重的财税改革，从而解放了土地对人的束缚，同时增加了财税收入，促进了无土地人民的自由流动。以北方防务为核心的军事改革，鼓励武备发展，通过边贸促进和平、增加税收，基本上解决了蒙古连年进犯的问题。大明王朝的国库从亏损到充盈，存粮足够十年之用，军费大增，国富民强，史称"万历中兴"。

张居正个人，更是文治武功，一时风头无两！就算有再大的功劳，也有退休的时候，台上风光的张居正也无时不在考虑培植自己的势力，培养自己的接班人。张居正选定的继承人是张四维，他是张居正提拔进入内阁的，按道理来说张居正是张四维的恩人。然而，继任首辅之后，张四维并没有继续张居正的某些措施，而是进行安抚，比如劝皇帝放宽政策，荡涤繁苛，施惠天下，召一些受张居正排挤罢官的官员复职。他的这些举动，为他赢得了很好的名声。

张四维虽然受张居正提拔，在张居正改革之时是重要助力，但是却并不是严格的张党，他初入仕途的伯乐是与张居正对立

的高拱。如此一来，张居正去世后，反对张居正毫无道德压力，再加上当时皇帝都带头清算张居正，张四维自然不会驳皇帝面子了。

不过，这位首辅张四维运气不大好，没干多久，父亲去世，张四维只得回家服丧。丁忧之期将满时，他自己也生病一命呜呼了。

这个时候，一个苏州人，走上了历史舞台。

他就是申时行。

申时行是明嘉靖四十一年（1562）殿试第一名，高中状元。第二名，也是一个苏州人，叫王锡爵，后来也做到了内阁首辅。申时行因为文采而受到张居正赏识，张居正是他的主考官，算是他的老师，而且很喜欢他，总是说他有大才，并向朝廷不断举荐他，还把他当作是接班人之一。申时行很高兴，他获得了当朝首辅的赏识，要竭尽全力去报答。

于是他安安稳稳地站在张居正一边，兢兢业业地当着张居正改革的急先锋。当然，申时行这么做，不全是为了报答。

我们可以看看自嘉靖以来的朝堂变化，就会发现能当权者都是韬光养晦的高手。从严嵩到徐阶，到高拱，再到张居正，都是对前任表面服从却心中存异。申时行是张居正拉进内阁的，本来内阁首辅的位置轮不到他，但因为内阁其他的阁臣老的老，病的病，一下子小弟变成了大哥，成了内阁中资历最老的阁员，于是他接替了张四维，成了内阁首辅。

这一年是明万历十一年（1583），从此申时行驾着这辆破旧的大明马车继续晃晃悠悠地往前走。

万历十年

　　明万历十年（1582）秋天，安静的紫禁城内，一簇簇桂花点缀在绿叶之间，淡淡的香气弥漫在空中。一声婴儿清脆的啼哭打破了这座皇宫的宁静。太监急匆匆跑去给皇太后和皇帝报喜。是个皇子！李太后听到这个消息自然是乐开了花，万历皇帝终于有了第一个孩子，还是个男孩，可是皇上这一边好像脸上并没有什么喜悦的颜色。

　　为什么宫中产下第一个皇子，皇帝反而高兴不起来？原来是有一天，皇帝去慈宁宫拜见李太后，恰巧李太后不在宫内，大概是喝了酒的原因，青春年少的万历皇帝看见旁边的宫女王氏，一时性起，竟然在太后宫中临幸了她。完事后悄悄溜回皇宫，他感觉只要他不说，就没人知道，也没人敢说。

　　可是事有凑巧，宫女竟然怀孕了。经过一番盘查，王氏终于说了实话，于是李太后就知道了。

　　李太后非但没有恼怒，反倒乐见其成，因为万历皇帝后宫嫔妃众多，可是无一子嗣，现在宫女王氏怀着皇帝的骨肉，作为皇太后，自然是开心不已。可皇帝不开心，本来这个糗事他不想让别人知道，他也不喜欢这个宫女，还有一个更重要的原因：他自己就是宫女生的孩子，从小也很不受待见，所以，他对宫女王氏生的这个男孩很是讨厌。这个男孩被取名为朱常洛。

　　皇宫中的嫔妃，哪一个不是为了给皇室绵延子嗣？在皇宫中，一个皇子的降生就是一个女人地位高升的开始，所以才有了后宫中的尔虞我诈。母凭子贵，明万历十年（1582），明神宗册封宫女王氏为恭妃。皇长子朱常洛长到五岁时，万历最宠爱的郑贵妃终于也生下一个男孩，取名朱常洵。

　　在后宫中，没有一位妃子不想让自己的儿子成为储君，所以郑贵妃便想让万历皇帝立自己的儿子福王朱常洵为太子。当然，皇帝宠爱郑贵妃，朱常洵也倍受皇帝的宠爱，喜爱到什么程度呢，万历皇帝真的想把皇位传给他，立他为太子。

　　大臣们听说皇帝有这个想法，这可不得了，朝廷上下就议论开了。明朝祖训"有嫡立嫡，无嫡立长"，在朱常洛毫无过错的情况下，废长立幼是不符合礼法的。大臣们都着急了：这怎么得了！这是不合乎封建礼法的，是万万不可的！

　　这个时候大臣们聚在一起，推举内阁首辅申时行出头，带领大家联名上奏，请求万历早日册立皇长子朱常洛为太子。其实，换个角度想想，从这件事可以看出，大明朝的皇帝也不是想干啥干啥，想把皇位传给谁，要看大臣们乐不乐意，祖宗家法同不同意。

　　不过，万历压根就不搭理大臣的奏折。其实这已经很明显了，万历就是不喜欢皇长子朱常洛，一心想传位给郑贵妃所生的朱常洵。申时行这时也彻底明白了皇帝的心意。

　　群臣建议尽快立朱常洛为皇储的呼声不断，申时行也装模作样地上疏劝谏了几次，皇帝不能不有所表示了。皇帝便说，这个事情不要讨论了，等皇长子长到十五岁以后再说。其实，皇帝就是想拖拖。

申时行急忙告诫诸臣不要再鼓噪了。这个时候，作为内阁首辅的申时行既想讨好皇帝，赞同他废长立幼，又怕此举得罪公卿大臣。

想来想去，他决定采取首鼠两端的策略，在神宗面前赞同废长立幼；在群臣面前，则装作恪守礼法，反对废长立幼。

就这样，申时行小心地平衡着双方的关系，这个时候的万历皇帝已经开始有点变了，变得消极怠工，沉湎酒色。想当年，张居正是一心一意要培养好帝国的接班人，想让万历成为一个明君。可精明如张居正，也无法预知人的变化，万历皇帝表面上对张居正服从，但随着年龄增长、学识增加，加上本身的性格问题，暗流开始涌动。

其实最初几年，万历是很想有一番作为的，至少他想搞好这个国家，比如求雨、积极治国等，却一直受到老师张居正的压制。幼年所受的教育对人的一生影响深远，有些时候幼年的痛苦经历，会成为日后无法消除的梦魇。

很快，刚刚成年独立掌权的皇帝就被这帮大臣给折腾得没什么想法了，特别是在立太子的事情上，万历的怠工趋势越发严重，到后来，直接就不上班了，对于国事不朝、不见、不批、不讲，以至于后期进入中枢的朝臣甚至都不知道他们的顶头上司万历皇帝究竟长什么样！

万历皇帝发生如此大的转变，最主要的原因还是他与明朝文官集团的矛盾激化却又无力改变，因此，只能采取消极逃避的方法来对待。申时行一直在皇帝和朝臣之间，走钢丝似的充当着和事佬，夹缝中求生存。这样，夹在两者之间的申时行，同样是日子好过不到哪里去。他不断地调和皇帝与文官的矛盾，维护敏感

而又脆弱的关系。立太子的事情一拖就是几年，本来这个事情一直拖着也没什么，可是现在皇长子都到了八九岁要读书上学了，因为朱常洛还没有正式的太子身份，自然就不好安排大臣教学，如果不教授皇子文化知识，将来他与朝廷大臣交流都是个问题。

这帮大臣们又开始鼓噪起来了，明万历十九年（1591），群臣再次联名上疏要求神宗册立皇长子。当时申时行告假并不在内阁，其他人便将申时行的名字一起加了上去。神宗看到奏折后很不爽，看到是申时行带头更是生气，派人到申时行家中质问他。申时行不得不写了封秘密奏折，给自己申辩，同时重申自己支持皇帝的态度，这封信是这样写的："臣方在告，初不预知。册立之事，圣意已定。有德不谙大计，惟宸断亲裁，勿因小臣妨大典。"

申时行本来是给万历皇帝写了封私信，可万万没想到一着不慎，私信居然变成了公开信，这封信被大臣看见并流传开来，这下捅了马蜂窝，特别是最后那句"勿因小臣妨大典"，引得群臣群起而攻之。申时行再也无颜面担任内阁首辅之职了。明万历十九年（1591）八月，五十七岁的申时行辞官回到了故乡苏州。

若你现在从苏州景德路旁的汤家巷进入，走不到五十米，右手边就有一扇门，上书"蓼草园"和"春晖堂杨宅"字样。再沿着巷子往北走，又会看到一个入口，里面是两进民宅。这一带，就是明代状元、首辅申时行的故宅旧址所在。

当然，身为内阁首辅，申时行在苏州的房子很多，据说有八处，这一带只是其中比较重要的大宅，其他都已经慢慢被历史湮没了。

留园里的石头记

苏州才子文震亨在《长物志》里写道："石令人古，水令人远，园林水石，最不可无。"谈到园林置石，不得不谈江南四大名石，它们分别是瑞云峰、玉玲珑、绉云锋和冠云峰。

瑞云峰，出自太湖，此石褶皱相叠，剔透玲珑，被誉为妍巧甲于江南，现安放于苏州织造府西花园内，相传为宋代"花石纲"遗物。玉玲珑，具有太湖石的皱、漏、瘦、透之美，曾作为明朝太仆寺卿储昱女儿的嫁妆，现安放于上海豫园。绉云峰，现位于杭州西山花圃，在江南四大园林名石中，只有绉云峰是出自广东英德的英石峰。冠云峰，现在留园中，因石巅高耸、四展如冠而得名，相传同样为宋代"花石纲"遗物。

可以说，石是园林的风骨。江南四大名石中有两块都是宋代"花石纲"遗物，而且这两块都在苏州，这其中，冠云峰是江南园林中最高大的一块湖石。

去过苏州的人都知道，留园在离著名的山塘街不远的留园路上，大门极其普通，石库门的模样，这一点其实也是苏州园林最大的特色——低调中的奢华。留园作为四大名园之一，被人们所知是因为它跟盛宣怀有关。清同治十二年（1873），湖北布政使盛康和盛宣怀父子二人购得此园，花了三年时间进行大规模改建、增建，终于在清光绪二年（1876）落成，并以"刘园"的同音易名为"留园"。

住在城内不远的马医科巷子里的俞樾被邀请去参观，观赏了修复后的留园，心中有感作了《留园记》，他在《留园记》中说："至清光绪二年（1876），为昆陵盛旭人方伯所得，乃始修之，平之，攘之，剔之，嘉树荣佳卉茁，奇石显而清流通，凉台燠馆，风亭月榭，高高下下，迤逦相属。"

俞樾对园子里各种奇异的石头也大加赞赏，其实，留园里有这些奇石，主要还是因为它的上一任主人刘恕痴迷石头。刘恕是苏州人，曾经在广西做过官，嘉庆初年，不到四十岁的刘恕因水土不服告病还乡了。回到苏州后，他买下了明朝徐泰时的"东园"，开始了自己将近二十年的园林营造生活。

当时，刘恕在自家园子里种植了大量白皮松，放眼望去，整座园林一片冷色调。他非常满意，于是给自己这座园子取名为"寒碧庄"，自号"寒碧主人"。刘恕作为文人，对美女、美食啥的丝毫不感兴趣，他最大的爱好就是搜集各种奇石，当时看中这里买下来造园，也是因对徐泰时东园里的瑞云峰早有耳闻。

可买下来后他发现，瑞云峰早已被搬到织造府里去了。当年乾隆下江南的时候，曾经把苏州织造府作为行宫。据说苏州当地官员为了讨乾隆欢心，把瑞云峰从东园搬到了织造府内的水池中。

刘恕不甘心，花重金搜集到十二块奇石，安置在了园中各处。对石头入了迷的刘恕，寻石、藏石、赏石，四处搜罗到奇石后，怀揣着对石头的爱意，还给石头们一一取了名字。有了这十二块奇石他还不满足，他对寒碧庄东侧围墙外的一块巨石又生了念想，那就是冠云峰。

刘恕虽然非常喜欢这块冠云峰，但他也知道，想要把这件宝物搬进自己的园子还是有点难的，因为数百家居民围绕，搬运起来太困难了，也可以说根本就没法运输。为了能够时时欣赏到它，刘恕干脆在寒碧庄东围墙边建造了一座小楼，起个名字就叫"望云楼"。只要登上这座小楼，就能远远观赏冠云峰了。

等到了咸丰年间，太平天国起义的战火毁掉了苏州城内许多住宅，冠云峰周围已经是杂草丛生，人烟稀少，等到盛康和盛宣怀父子买下这个园子的时候，看到东围墙外的冠云峰没有被战火毁掉，感觉这块石头跟自己这座园林有缘，于是向东扩建留园，把冠云峰周围的地皮也纳入园中。

那这冠云峰巨石是从哪来的呢？

这要从徐泰时的东园讲起，徐泰时何许人也？这个人跟申时行还有点亲戚关系，因为申时行的祖父早年过继给徐家，徐泰时和徐时行是同辈，年龄相仿，曾在同一家私塾读书，徐时行中状元后申请认祖归宗，才改名申时行。

而徐泰时科举考试屡试屡不中，直到明万历八年（1580），四十一岁的他才中了进士。中进士后授工部营缮主事，主持修复慈宁宫。因有功劳，擢为营缮郎中。又因为建筑才能出众，后来直接参与万历定陵的修建，精心核算，省钱数百万文，充分展示了他的经营和管理才能，后被升为太仆寺少卿。

由于跟申时行有亲戚关系，后来一直得到申时行的庇佑，在申时行的保护下，徐泰时的日子一直过得风平浪静。这份恩情，当真是无以为报。所以徐泰时打算替申时行造园，以为回馈，当然后来被申时行拒绝了，原因可能是怕引来万历的猜忌，重蹈张居正覆辙。

　　不过，这座园子造出来了，也留下来了，只是最初叫"东园"。

　　徐泰时于明万历二十一年（1593）罢官后回到苏州，在其曾祖父的别业旧址上花费三年时间建造了东园，园成后面积约四十亩，以富有立体感的假山堆叠为特色，其中就有徐泰时搬运回来的冠云峰。

　　徐泰时去世后，园林交由他女婿，也是当时著名文人范允临（建有天平山庄）代管，直至他儿子徐溶成年，后家道衰落，东园难以维持，逐渐荒废。

第七章

钮家巷里的国宝档案

折得一枝春

探花府里一碗面

远山长 云山乱 晓山青

华亭鹤唳

折得一枝春

中国人过年讲究个喜庆吉利，在门上总会贴上诸如"五福临门""三阳开泰"等一类的吉祥话。几乎人人都知道"五福临门"这个成语，但很少知道"五福"具体是指哪五福。第一福是"长寿"，命不夭折而且福寿绵长；第二福是"富贵"，钱财富足而且地位尊贵；第三福是"康宁"，身体健康而且心灵安宁；第四福是"好德"，生性仁善而且宽厚宁静；第五福是"善终"，平和有尊严地无疾而终。

能真正得到这五福的人，必定是平和待物的人。还真就有这样一个人，被称为三百年中第一福气人，他是谁呢？他出生于清乾隆三十四年（1769），传说出生前夜，他的祖父梦见一只玉麒麟自空而降，落于自家庭院，随即化为婴儿，这便是他一生腾达的先兆。

有人就是为了读书而生的，这个孩子自幼便以博学多识、才

思敏捷而著称。果然，清乾隆五十八年（1793），他参加科举考试，在殿试中考取甲榜第一名，成为令莘莘学子无比艳羡的状元郎。要知道，他的父亲，一辈子苦读诗书，但屡举乡试不中，最后只能不甘心地放弃，回家安心养老。

这一年，他才二十四岁，成为清朝最年轻的状元。

他就是潘世恩。

中了状元的潘世恩，被授予翰林院修撰，从此人生顺风顺水，一路官运亨通。清乾隆五十八年（1793），这一年乾隆已经八十三岁了，再过两年，他就把皇位传给了嘉庆皇帝。嘉庆皇帝给潘世恩的评语是"少年得进崇阶，又系鼎甲，宜爱惜声名，切勿恣志，前程远大"。

清嘉庆四年（1799），潘世恩擢升内阁学士，后历任礼部、兵部、户部、吏部侍郎，又曾赴顺天、浙江、江西等省任学政。清嘉庆十七年（1812）起晋升工部、吏部尚书。清道光十三年（1833）后平步青云，官至军机大臣、武英殿大学士加太傅衔，且受赏赐甚多，如赐戴花翎、赐黄马褂、赐第圆明园等。直到清咸丰二年（1852），他已经是四朝元老了，这一年，他中举都六十年了，经奏准可参加为新科举人所设的鹿鸣宴，称之为"重宴鹿鸣"。

按清制，乡试发榜后，各省均设宴款待考官及新科举人，称为鹿鸣宴。对于学子来说，能够参加鹿鸣宴是一种莫大的荣耀。除此之外，还有一种荣耀叫"重赴鹿鸣宴"，这是指那些中举满六十年依然健在的举人，只要符合条件，就可以重赴该科的鹿鸣宴。这是朝廷对曾中举又高寿者的特殊荣宠。当时潘世恩在京养老，应回乡试之地江宁赴宴，后经皇帝特许就近参加顺天府鹿鸣宴，以示体恤。

等到第二年，由于潘世恩是乾隆癸丑科状元，又是正逢六十甲子。新科进士皆为天子得意门生，皇帝为表优待，通常会为其赐宴，即恩荣宴，亦称琼林宴。潘世恩时年八十五岁，又经奏准重赴恩荣宴，咸丰帝特予上谕嘉美，并亲书"琼林人瑞"四字匾额，先期颁赐，以示荣宠。更有意思的是，清咸丰三年（1853）癸丑科会试时，主持这科会试的主考官是他的孙子、礼部侍郎潘祖荫，这真是少有的科场盛事。为此，潘世恩特地赋诗，志喜记盛，其中有"却喜新荫桃李盛，小门生认老同年"之句，一时被传为科场佳话。

清咸丰四年（1854），潘世恩在京逝世，享年八十六岁，以谥号"文恭"入祀贤良祠。同时，对他的三个孙子祖同、祖荫、祖保分别赏给进士、翰林院侍读、举人，并恩准祖同、祖保同年分别参加殿试、会试，这在科举时代可称之为"殊荣"了。

潘世恩为官五十余年，由于长期身居高位深得皇帝恩宠，历乾隆、嘉庆、道光、咸丰四朝，被称为四朝元老。潘世恩是潘氏家族中在朝职位最高、为官时间最长的一位，他把潘氏家族推向了巅峰。

他是个实打实的有福之人：做官，一路做到军机大臣、武英殿大学士、太傅；做人，为人正直，外柔内刚，和珅对其极力拉拢，欲纳为己用，但他始终不肯上贼船；最后以八十六岁高龄寿终正寝，入祀贤良祠，谥"文恭"。

晚清史学家陈康祺在《郎潜纪闻》中，对潘世恩的人生甚是羡慕，并称他是三百年来最有福气的宰相。在这本书中，陈康祺论述道："本朝耆臣，生加太傅者五人，重宴琼林者八人，状元作宰相者八人，唯潘文恭公兼之。又大拜不阶协办，枢廷不始学习，皆数异也。富贵寿考，子孙继武，公之福祉，三百年一人而已。"

如果你现在走在平江路，拐进钮家巷，在巷口不远处你就会看到一座状元博物馆，这里就是潘世恩故居。据说，潘世恩原居苏州玄妙观西面，高中状元后受皇帝召见，被问及家居何处，一

时惶恐，误说成了苏州玄妙观东。一言既出，为避欺君之嫌，急命家人速购观东宅第，于是买下钮家巷凤池园西部作状元府第，看来选在这里做状元博物馆也是有道理的。

在苏州，提到潘家，那可谓是家喻户晓、妇孺皆知。古城区里能找出"潘宅"的小巷子，就有钮家巷、南石子街、悬桥巷、蒋庙前、卫道观前……虽然都姓"潘"，实际上是两家人，清朝年间，苏州曾有"富潘"和"贵潘"两个潘姓世家，鼎盛之时，两个潘家占了半个苏州城。其中潘世恩状元及第，揭开了"贵潘"家族"一状元、八进士、十六举人"闻名于世的望族篇章。

当然，所有这些，你都可以走进这座状元博物馆慢慢体会。

探花府里一碗面

有人因一座园林而爱上一座城，也会因为一碗面而爱上一个人。

那个夏末，园林里的一碗面，让人记住的不仅仅是江南味道，更多的是一种情愫，人生的美妙际遇都化在那座园子里。

江南园林的曼妙，苏州人最知道。墙角的芭蕉，影影绰绰，遮掩着青黛飞檐、素白砖墙，绿树环绕，小桥流水，一步一景，秋千、凉亭、歇脚的桌椅，错落在各个角落。

夏末的傍晚，更是美不胜收，暖黄光线照在半是零落的枝丫上，远远望去，像撒上金粉一般，发着光亮。池塘、曲桥、旱舫组成的庭院，旱舫匾额上书"听泉读云"四个字，庭院里的朵朵睡莲伴着几尾小红鱼，安详宁静了整个苏州夏天。

坐在我对面温婉的女子，也是一样的妩媚动人。

这里是探花府。

潘祖荫是潘世恩最引以为豪的孙子，清道光二十八年（1848），潘世恩八十寿辰，十八岁的潘祖荫蒙道光皇帝恩赐为举人，清咸丰二年（1852）他考中探花，这里因此被称为"探花府"。

也许是知道的人不多，当我们走进去的时候，这座拥有三百多年历史的古典私家园林里竟然只有我和她两个人，周围流水竹林，古筝悠扬。选择在这座园子里吃一碗面，吃的是半碗旖旎，一箸风月。

一碗面，可荤可素，或浓油酱赤，或清汤寡淡。端上来的苏式细面按照观音头、鲤鱼背形态码放，红汤清亮，一块焖肉置于其上，蒜叶点缀其间，搭配晶莹的虾仁，甚至有些许苏州人小家碧玉的感觉。红汤喝起来很香润，咸鲜有味，焖肉真是入口即化，根本来不及用牙齿去咬，舌头就能把肉分化。

一座精致的小亭之中隐藏着江南美味，享受着耳畔传来的潺潺水声，将江南的温婉柔情都揉进这碗面里。苏州是达官贵人的退隐之地，文人荟萃，这座园子同样也是，他们把"风雅"二字揉成了花瓣化作深巷中的清风，而这世上最大的风雅就是把平凡事做到极致的优雅。

苏州人做的一碗面，精致程度恰如苏州园林里的造景陈设，望着格子窗外的中式庭院，品着纤细的苏州汤面，感觉思绪都回到了几百年前的旧时光。这里曾有秉烛夜谈，曾有迎来送往，也曾经悄悄地深深埋下两只巨大的宝鼎。想来也是很有趣的事情，几千年前埋在黄土高原那厚厚的土层里的宝鼎，竟也悄悄地被移在江南这座院落的青砖之下。

就像这碗里的焖肉，被翻出来，又被埋在面下。这时，对面的女子看着碗里的焖肉犹豫了一下，还是夹起来放在了我的碗里。我开玩笑地说："你是想告诉我，两个宝鼎在这里藏在一起吗？"

历史确实如此，埋在这座院落里的两个宝鼎分别是大盂鼎和大克鼎。清道光二十九年（1849），陕西岐山一农民在地里干农活，锄头碰上了硬物，当把这硬物全部挖出来时，竟然是一个生满铜锈的大铜鼎。当地首富听说后，立即意识到这是挖到古董了，他赶忙买下了这只大鼎并带回家，等清理掉那些铜锈，在鼎的内腹部，他惊喜地看到了"文王""盂"等字迹，他知道自己得到了一件周代的宝鼎，这就是大盂鼎。后来家道中落，宝鼎流落文物市场，清同治十二年（1873）左宗棠委托在西安督办西征军粮的属官袁保恒，以七百两银子买下它。

左宗棠买下大盂鼎的目的只有一个，那就是送给潘祖荫，以感激他的鼎力相助。清咸丰九年（1859）六月，在湖南巡抚骆秉章手下做幕僚的左宗棠，为政敌所忌，卷入了著名的"樊燮案"，被湖广总督弹劾。骆秉章为了搭救左宗棠，几经辗转，托关系找到潘祖荫帮忙。此时的潘祖荫，任南书房侍读学士，也是咸丰帝身边的红人。他的祖父就是乾隆朝大名鼎鼎的状元大学士潘世恩，因此他在朝中有很多故交，说话有分量。

更重要的是作为局外人的潘祖荫与湘系诸帅没有任何利益纠葛，咸丰帝不会疑心，作为世家子随侍左右，咸丰帝也比较容易采纳其建言。潘祖荫在皇帝面前说"天下不可一日无湖南，湖南不可一日无左宗棠"。"樊燮案"最终以左宗棠襄办两江总督曾国藩的军务，樊燮流配五年发往军台效力，部分中下级官员被降调而结束。

左宗棠在众人的帮助下成功度劫，开启了新的非凡人生历程。为了表达感谢，便买下大盂鼎送恩公。为慎重起见，左宗棠把大盂鼎及铭文的拓片送潘祖荫品鉴，潘祖荫起先有些疑虑，倾向于此鼎有假。清同治十二年（1873）十二月，左宗棠致信潘祖荫，再次表达了诚心相赠之意。此时的潘祖荫由于户部行印遗失，被部议革职留任，颇为失意。而左宗棠已经是西征军的总指

挥，正是位高权重之时，可见是真心相赠，潘祖荫也改变了主意，愿意接受馈赠，于是这件大盂鼎就被潘祖荫收藏。

清光绪十五年（1889），大克鼎在陕西法门镇出土，潘祖荫以六百五十两银子购得，可谓好事成双，高兴之余，他刻了一枚"天下三宝有其两"的印章以示纪念。所谓三宝，正是大盂鼎、大克鼎和另一件重器毛公鼎了。

早在少年时代，潘祖荫就对金石学表现出了浓厚的兴趣。他"幼好学，涉猎百家。尤喜搜罗善本书，金石碑版之属"，除了议论朝政之外，三代钟鼎、秦砖汉瓦、魏晋碑帖以及宋版图书都是其搜罗的对象，所收藏的青铜器无论是数量还是质量，在当时都无人匹敌。

潘祖荫在北京去世后，由于膝下无子，大克鼎、大盂鼎等收藏就交由其弟潘祖年全权处理。潘祖年悄悄地把大克鼎、大盂鼎运回故乡苏州，视为传家之宝，并定下"谨守护持，绝不示人"的规矩。潘祖年死后，保护潘家珍藏的重任落到了年轻的孙媳潘达于身上。潘达于原名丁达于，这个名字也是因为大盂鼎而改。日军占领苏州城之时，潘达于把潘家所有珍宝秘密埋入了府里一间不起眼的堂屋地底下，随后全家人逃到上海避难。就这样在潘达于的小心保护下，文物被完整地保存了下来。新中国成立后，两件大鼎被捐赠给上海博物馆，成为永久性收藏。

后来大盂鼎北上，入藏中国国家博物馆。自此，盂克二鼎，镇守南北，护佑中华鼎盛千秋，荣耀九州。大盂鼎、大克鼎与现藏台北故宫博物院毛公鼎，合称"海内三宝"。

这样的结局，对于潘祖荫而言，应该是欣慰的。百年岁月悠悠而过，环顾四周时，那些飞檐花窗仿佛在上百年的风雨中诉说它独有的过往。

不远处赫赫有名的平江路，终日熙熙攘攘热闹非凡，探花府所处的南石子街与之仅一河之隔却是大不相同，幽深且僻静，有一种闹中取静隐于市，偷得浮生半日闲的感觉。沿着那条沉淀了八百年记忆的老街，溯河而行，跨过青石桥，穿过幽深的巷子，这座探花府，就静静地伫立在南石子街上。

庭院深深，空气里暗香浮动，小花园里有两位姑娘在唱《牡丹亭》，未见其人，只闻其声。行至探花府门前，你会发现宅门与其他豪门大户家相差甚远，倒与周围寻常宅院并无差异，也许你无数次路过它，却不知坐在这样的一座宅子里，吃一会儿茶，或是安静地吃一碗面，感觉处处都是江南文人的气息。

远山长　云山乱　晓山青

北宋熙宁六年（1073 年），早春二月。

苏轼在杭州通判任上，巡察富阳、新城等地，从新城来到桐庐，乘舟漂流在富春江上，经过七里濑时，被周围美丽的景色所吸引，心有所感，写下了这首非常著名的《行香子·过七里濑》：

一叶舟轻，双桨鸿惊。水天清，影湛波平。
鱼翻藻鉴，鹭点烟汀。
过沙溪急，霜溪冷，月溪明。
重重似画，曲曲如屏。算当年，虚老严陵。
君臣一梦，今古空名。
但远山长，云山乱，晓山青。

七里濑又名七里滩，在桐庐县南，两山夹峙，东阳江奔泻其间，水流湍急，连亘七里，故名。这里自古就是山水绝佳之地，南北朝吴均《与朱元思书》中写道："自富阳至桐庐一百许里，奇山异水，天下独绝。"

沿着富春江顺流而行，走到桐庐那一段，就会看到苏轼笔下描绘的如画如屏的美景。黄公望在富春江隐居多年，仍然被这每天都能见到的山水所震撼。二百八十年后，黄公望以画为诗来回应苏轼的"远山长，云山乱，晓山青"，于是有了传世名画《富春山居图》。

山水画不是简单地描摹自然风光，而是画家精神的诉求与流露，是画家人生追求的体现。《富春山居图》描写富春江两岸初秋景色，树丛林间，或渔人垂钓，或一人独坐茅草亭中，倚靠栏杆，看水中鸭群浮沉游戏。近景坡岸水色，峰峦冈阜，远山隐约，徐徐展开，但觉江水茫茫，天水一色，令人心旷神怡。

《富春山居图》不只是一张画，更是一种人生哲学、生命态度的表达，创作者把积压了九十年的亡国痛转成另外一个东西，彻底摆脱内心的痛苦。隐入这一片自然山水里，不管朝代的更替，只是回来做自己，做一个简单的自己。

就像苏轼给出的答案那样，"远山长，云山乱，晓山青"，在自然山水之中获得审美愉悦。人类历史短暂而渺小，自然山水则永恒不尽，人想要超越短暂渺小的生命，就要畅游在这自然山水之中，与自然山水合为一体。

黄公望创作了《富春山居图》，把它赠予自己的师弟无用师，却被后人变卖。当《富春山居图》落入宜兴收藏家吴洪裕之手时，这名藏家对此画极为喜爱。弥留之际，命家人将此画烧毁。但是，就在抛入火中之时，其侄子从火堆中将这幅画救了出来。

遗憾的是，还是烧毁了一部分，这幅画也就成了两半，前半截为《剩山图》，后半截为《无用师卷》。时代变迁，几经辗转，《无用师卷》真迹在清宫里静静安放了一百八十七年，后来历尽

坎坷，被运至台湾。

而那曾被火烧坏的前半截《剩山图》，始终"绝迹江湖"。直到二十世纪三十年代，一古董商人前往吴湖帆家请求鉴宝，拿的就是这幅《剩山图》。吴先生一眼相中，便用祖传的青铜鼎与其交换，才换来了这幅残卷。

说起吴湖帆的家藏宝物，就不得不提起潘祖荫。

如果你走进平江路不远的南石子街，一进潘祖荫故居探花府的庭院，你就会在一座旱舫的两侧，看到一副楹联："池边客约同邀月，帘外禽言莫损花"，这副对联就是吴湖帆所写。

1915 年，吴湖帆与潘静淑结婚。潘静淑是潘世恩的曾孙女、工部尚书潘曾缓的孙女、三品刑部云南司郎中潘祖年的小女儿。潘祖年有二女，长女嫁徐家，次女嫁入吴府。这个嫁入吴府的女儿就是潘静淑，潘静淑嫁的这位吴府少爷，就是清代著名书画家、曾任湖南巡抚的吴大澂之孙吴湖帆。潘祖年的哥哥潘祖荫，就是这座探花府的主人。潘祖荫去世后，收藏的大批古玩字画都留给了弟弟潘祖年。

吴潘两家本来就相识而且相交甚好，潘祖荫和吴大澂都好收藏，两人经常通过书信互通信息，关系十分密切。潘氏家族历代嗜古物，富收藏，其所藏青铜器及古籍善本，历来雄冠江南。潘静淑嫁入吴家时，带上了丰厚的陪嫁品，多数为收藏重器。当然，吴湖帆自吴大澂那里也继承了很多藏品，如周代邢钟和克鼎、欧阳询的《虞恭公碑》，以及吴大澂生前特别喜爱的古印等。

潘静淑嫁入吴府后，深闺才女，世家才俊，志同道合，伉俪相得。她的艺术天赋很高，她填词，创作书法，在画作和拓本上题字，与吴湖帆一起编写图录和书籍，两个人琴瑟和鸣，夫唱妇随。

在吴湖帆的收藏中《剩山图》最受关注。1938 年 11 月 26 日，吴湖帆在日记中记录了他得到《剩山图》的情况："曹友庆携来黄大痴《富春山居图》卷首节残本，真迹，约长二尺，高一尺半寸，一节中有经火烧痕迹三处，后半上角有吴之矩白文印半方，与故宫所藏卷影本（余前年见过真迹）校之，吴之矩印无丝毫差失，后半火烧痕迹亦连接，且故宫藏本前半每距六七寸亦有火烧痕与此同，逐步痕迹缩小，约有二三尺光景，可知此卷前之半经火无疑。"

吴湖帆得到国宝的消息不胫而走，这使吴湖帆不无自豪，他在日记中写道："新正以来，无日无人不索阅此卷，盖为大痴富春四字所摄人耳，余亦足以自豪矣。"他十分珍惜此画，特意刻了一方"大痴富春山图一角人家"的朱文鉴藏印，并在画上题字："山川浑厚、草木华滋。画苑墨皇，大痴第一神品富春山图。己卯元日书句曲题辞于上。吴湖帆秘藏。"

新中国成立后，著名书法家沙孟海在浙江博物馆供职。当他得知《剩山图》在吴湖帆手上后，多次来往沪杭之间与吴湖帆商洽，又请出钱镜塘、谢稚柳等名家从中周旋。吴湖帆被沙孟海的诚心感动，终于同意割爱。1956年《剩山图》落户浙江博物馆，成为"镇馆之宝"之一。

如果你现在去往杭州，到浙江博物馆看这件"镇馆之宝"，你还会在《剩山图》的左下角看到"吾家梅景书屋所藏第一名迹潘静淑记"这样一行字。

华亭鹤唳

赤壁之战周瑜的一把火烧掉了曹操八十万大军，阻止了曹操向南进军，并由此奠定了三国鼎立的局面。十四年后，又一位东吴将军在夷陵火烧连营七百里大败刘备，也是用一把火解决了东吴的危机，这个人就是陆逊。

陆逊，苏州人，跟随孙权四十余年，统领吴国军政二十余年，其为人深谋远虑，忠诚耿直，一生出将入相，被赞为"社稷之臣"。

陆逊有一个才华横溢的孙子，陆机。

陆机天资极高，但这个人运气不咋地，由吴入晋的陆机历经宦海浮沉之后，遭人诬陷，成为"八王之乱"的牺牲品。临刑之际，陆机想起远方的故土，叹道："华亭鹤唳，岂可复闻乎！"家乡华亭的仙鹤鸣叫啊，再也不能听到了。这一年，陆机四十三岁，他在西晋已经生活十四年了。

　　陆机的故事止于那句"鹤唳华亭"的感叹。人生如果能重来，他或许不会选择去做这场支离破碎的梦了吧。他一生背负江左氏族的荣耀，被局势裹挟着向前走，未有一日做过真正的自己。虽然时运不济，但是，有一天，陆机给一位体弱多病、难以治愈的友人写了一封信，这封信是用秃笔写于麻纸之上的，也许是友人收到信后很是感动，就把这封信用心收藏了起来。

　　原本出于对朋友来信慰问的感动，但这一收藏不要紧，这封信竟然成为现今世人能够看到的历史最悠久的书法作品，因为文中出现了"恐难平复"的字样，所以取名为《平复帖》。此帖是迄今为止"最早的存世墨迹"，创作时间至少在一千七百年前，比王羲之的《兰亭序》还要再早个大约五十年，有"法帖之祖""中华第一帖"的美誉，一直被世人当作书法至宝，被评为九大"镇国之宝"之一。在中国书法史上拥有至高无上地位的《平复帖》，现藏于北京故宫博物院。

　　我们知道，历史上不少书法名作，都是偶然写就。大约在无意之间，作者更能挥洒自如，"佳作天成"。陆机的这幅作品，使用秃笔书写，笔法质朴老健，笔画盘丝屈铁，结体茂密自然，富有天趣，有极高的艺术价值。

　　《平复帖》的价值，更在于它在中国书法史上的珍稀性和独特性。它是中国现存最古老的书法真迹，书法的演变经过了篆书、隶书、章草、楷书、今草、行书几个阶段，《平复帖》介于章草与今草之间，是两者过渡时期的典范之作。章草到今草的转变，经历了一个长期的过程，但唯有这篇墨迹流传至今，成为这一转变的重要见证。

　　悠悠千年，西晋的陆机在随手写下这封书信后，何曾想到这张小小的纸片却在后世引发了那么多的波澜。《平复帖》辗转流离一千多年，现能安稳收藏在故宫博物院，确实要感谢一个人，这个人就是张伯驹。《平复帖》可以说是张伯驹老先生不惜身家

性命换来的。张伯驹是"民国四公子"之一，父亲张镇芳是封疆大吏，家里还开着银行，虽然含着金钥匙出生在豪门，但他天生不爱功名权势，读书写字在他眼中要远胜过升官发财。

如果说出生在高门是家庭提供的，那么走出一条丰富多样的人生之路则是自己努力经营的。张伯驹的爱好十分广泛，挥毫泼墨、文玩古画、下棋看戏等，都是他喜欢的事情。1935年，张伯驹例行前往上海查账，闲暇时间，在上海滩欢场"天香阁"偶遇歌女潘妃。一个是已有三房夫人的富家公子，一个是沦落风尘的卖笑女子，两人都不是爱情的最佳人选，结果却谱写了一段纯真的爱情传奇。

张伯驹第一次见到潘素，就被她深深吸引了，当场就即兴挥毫泼墨，写了一副对联送给潘素："潘步掌中轻，十步香尘生罗袜；妃弹塞上曲，千秋胡语入琵琶。"

潘素，苏州人，是清朝著名状元宰相潘世恩的后代，但是到她父亲这一代，已是家道中落。十三岁时，母亲病逝，而父亲吃喝嫖赌，败光家产，继母不能容她，以她擅长琵琶为借口，逼她在青楼操琴卖唱。因才艺俱佳，风姿绰约，人称"潘妃"。

偶遇之后，两人就认定彼此。1935年，张伯驹迎娶了第四位夫人，这一年，张伯驹三十七岁，潘素二十岁。潘素与张伯驹结婚以后，看到了张家收藏的古人绘画真迹，眼界大开，同时也激发了她的绘画兴致和热情。潘素原有扎实的绘画功底，二十一岁重拾画笔，人生从此揭开新的篇章。

1937年，张伯驹得知溥儒有西晋大文人陆机真迹《平复帖》。此前，溥儒曾将唐代韩干的《照夜白图》卖与他人，使得这件瑰宝流失海外，当时张伯驹因为国宝的流失几夜未眠，这次更是不能让《平复帖》这样的书法瑰宝流到国外。但是溥儒要价二十万大洋，张伯驹苦于没有那么多钱，只得请人从中说和，但是溥儒并没有同意。直到其母亲的去世，张伯驹才有了机会。他知道溥儒急需用钱，但又不肯乘人之危，只肯借钱给溥儒，几经波折，还是溥儒自己将《平复帖》抱来，以四万大洋卖于张伯驹。

觊觎《平复帖》的人很多。1941年，张伯驹和平时一样出门上班，却在上班途中遭到劫持。绑匪将张伯驹绑了以后，要价三百万赎金，否则撕票。得知丈夫被绑架后的潘素心急如焚，她多次同绑匪联系，这期间还设法去看了丈夫一次。

张伯驹看到夫人，心中十分激动，潘素看到丈夫心中也是十分难过。在短暂的见面时间里，夫妻两人没有说上几句话，但是当潘素要走的时候，张伯驹却在妻子耳边说了一句话："宁死魔窟，决不许变卖《平复帖》等国宝赎身。"潘素明白了丈夫的心思后，也没多说什么，就离开了。此后双方僵持了长达八个月之久，潘素多方求援，最后还是绑匪将赎金降到四十万，才将张伯驹救出。整整八个月的时间，张伯驹始终没有向绑匪妥协和屈服，在他看来，自己的生命没什么，但是那些国宝，却是无论如何也不能落到这些绑匪手里。

1956年，张伯驹将《平复帖》等八件价值连城的真迹无偿捐赠给了国家。张伯驹与潘素夫妻二人，一生献身艺术，守护国宝，不贪图富贵，为国家献宝，令人敬佩。张伯驹说："予之烟云过眼，所获已多。故予所收蓄，不必终予身为予有，但使永存吾土，世传有绪，是则予为是录之所愿也。"

这是一种收藏的精神。启功先生曾评价老友张伯驹先生："前无古人，后无来者。天下民间收藏第一人。"

第八章

从岳阳楼到醉翁亭

鲈鱼美人

文庙里的古玩店

庆历六年春

清风明月本无价

鲈鱼美人

北宋景祐三年（1036）再寻常不过的一个秋日，空气潮湿，江面上的风开始变得柔和。漫漫旅途，站在船头的欧阳修，静静看着两岸的风景。

这一年，范仲淹和欧阳修成为患难之交，范仲淹把京官晋升情况绘制成一份《百官图》，指斥宰相吕夷简用人失当被贬。范仲淹的改革冒犯了既得利益者，受到了打击，被贬饶州，牵连欧阳修被贬至湖北夷陵，担任县令。

欧阳修被贬夷陵，从汴京赴夷陵，有水陆两道可走，他选择走漫漫水路，站在船上，吹着迎面而来的江风，他想到了远在江西饶州的范仲淹，更想起了自己江西的老家，想念家乡的鲈鱼和莼菜。

"莼菜鲈鱼方有味，远来犹喜及秋风。"家乡的莼菜和鲈鱼味道正鲜美，远方归来的我更喜欢秋天的凉风。每到秋日，便有了

要吃鲈鱼的心思，秋季鲈鱼始肥，肉白如雪，体内积累的营养物质也最丰富。

西晋时的张季鹰一想起家乡的莼菜羹、鲈鱼脍，好好的公务员都不做了，说了句"人生贵适忘，何能羁宦数千里以要名爵乎？"便从洛阳辞官奔回老家。估计船还未靠岸，他就闻到鲈鱼的香味了。

用鲈鱼作脍，有黄菊、美酒相伴，在秋日的黄昏，泛舟湖上，有这样的良辰美景赏心乐事，哪还要什么世俗名利。难怪白居易都要说他"秋风一劲鲈鱼脍，张翰摇头唤不回"。从此去江南品尝莼菜鲈鱼，也成了一种文人的时尚。

脍其实就是切细的肉，脍要求有精湛的刀工，《酉阳杂俎》里有一段记载："进士段硕尝识南孝廉者，善斫脍，薄丝缕，轻可吹起，操刀响捷，若合节奏。"这里把切鱼丝形容得绘声绘色，说善于制脍的人，动作娴熟敏捷，切下的鱼片若透明之薄纱，和着节奏，飘飘欲飞。切得那么细干什么，生吃或做羹？我可干不了，最好不用刀，清蒸是我喜欢的一种方式。让老板杀鱼后按清蒸刀法切几刀，拿回家洗干净，往鲈鱼身上抹盐巴腌制几分钟，切姜丝、葱丝，将姜丝塞到鱼嘴和鱼肚子里，然后将鱼在长盘子里摆好造型，撒上葱丝，浇上豆豉，放进锅里，大概十几分钟，鲜美的清蒸鲈鱼就出锅了。

这样做出来的清蒸鲈鱼鱼肉细嫩，葱香扑鼻，而且一点腥味都没有，吃起来鱼肉滑嫩，味道鲜美。有时想想，比起张季鹰，看来选择在苏州工作，还是明智的，吃鲈鱼不需辞职，也免了思乡之苦。

北宋景祐元年（1034），范仲淹在苏州工作的时候，同样是对鲈鱼赞不绝口，当然，他也知道捕鲈鱼的艰辛。"江上往来人，但爱鲈鱼美。君看一叶舟，出没风波里。"他在饮酒品鱼、观赏风景的时候，看到风浪中起伏的小船，由此联想到江上来来往往饮酒作乐的人们，只知道品尝味道鲜美的鲈鱼，却不知道打鱼人出生入死同惊涛骇浪搏斗的危境与艰辛，情动而辞发，创作出言浅意深的《江上渔者》。

范仲淹在苏州工作的时候倒是没有那么多时间饮酒品鱼，他被派到苏州来主要是像大禹一样治水灾。苏州是鱼米之乡，也是水乡泽国，那一年发大水，水患成灾，朝廷急于用人去苏州救灾，正在浙江睦州任上的范仲淹，离苏州不远，也有治水经验。天圣年间，范仲淹曾在泰州任监盐官，当时他力倡兴修捍海堰，调通、泰、楚三州民夫修成长达一百五十里的范公堤。此堤对防止海水倒灌，改造盐碱地，促进农业生产有重大作用，历千年而犹存。

宰辅吕夷简看重范仲淹的能力，明知苏州是他的籍贯地，这时也不再避忌了。范仲淹到苏州后，察访调研月余，"灾困之氓，其室十万。疾苦纷沓，夙夜营救"，"未甚晓，惑于群说。及按而视之，究而思之，则了然可见"，最终形成了自己的救灾思路，很快因为救灾有功，也是为了避嫌，又离开苏州去其他地方了。

不过很快，范仲淹就和欧阳修一起被贬，贬往欧阳修的家乡江西。在那里，范仲淹倒没有想起家乡的鲈鱼，不过，在饶州却种下了一颗相思的种子。

相传，鄱阳湖畔有个貌美的歌妓，名叫小鬟。小鬟本是官宦之女，幼年父母双亡，叔父把她卖到青楼。受过良好教育的她能歌善舞，同样也擅长诗词歌赋。一日，小鬟正在二楼梳妆打扮，就听见楼下传来一阵急促的敲门声，开门一看，原来是个"快递小哥"，送给她一个"快递"。打开包裹一看，是一盒自己非常喜欢的胭脂，盒子上题诗云：

> 江南有美人，别后长相忆。
> 何以慰相思，赠汝好颜色。

寄件人正是范仲淹，自从在宴席上遇上她，这样不俗的女子自然勾住了范仲淹的心。原来范仲淹离开饶州几年，却依旧对她念念不忘，写了一首《怀庆朔堂》寄给自己的朋友魏介，还附带了一盒胭脂，托他转交给小鬟。

给朋友的诗是这么写的，"庆朔堂前花自栽，便移官去未曾开。年年忆着成离恨，只托春风管句来。"在庆朔堂里生长着一株小花，自从他迁官到了鄱阳以后，一直都没有开过花。如今离开鄱阳以后，年复一年地思念着庆朔堂里这朵小花，结果竟成了"离恨"，所以只能请托春风帮忙去管理它。魏介一看，自是明白了他的心意，于是出钱帮小鬟赎了身，送至他家，还写下贺联：

庆朔堂前，桃李春风欣结子。
潘阳湖畔，渔舟唱晚贺来迟。

这小鬟姓甚名谁，无从考证，也不管这个故事是真是假，但至少说明范仲淹有情有义，不是一个不解风情之人，除了先忧后乐的精神，同样也写得出"酒入愁肠，化作相思泪"这样的缠绵诗句。

我们同样也乐于看到，范仲淹虽是"一代功名高宋室""天地间第一流人物"，但他终究也是一个人，一个有着七情六欲、有血有肉的人。

文庙里的古玩店

相传古老的苏州有条龙，龙头在文庙，龙尾在北寺塔，龙身就是人民路。因为住得近，周末的时候，我总喜欢到文庙里去转转，文庙是供奉祭祀孔子这位万世师表、至圣先师的祠庙。

苏州的文庙还加上了府学，是北宋名臣范仲淹出任苏州知州的次年创建的。大成门、棂星门、大成殿、崇圣祠，这四项是文庙的核心建筑，被围在一个大庭院中。现在的府学建筑主要有明伦堂和泮池，也围于一个大庭院中。与文庙重要建筑一墙之隔的是文庙古玩市场，与文庙大庭院一墙之隔的是苏州中学。文庙府学的总面积仅为最盛时的六分之一。

文庙内有四棵古银杏，分别是：福杏、寿杏、三元杏、连理杏。个头最大的，是连理杏；年龄最大的，是寿杏。与文庙大殿、孔圣人像结合在一起，古意盎然，令人顿生崇敬之感。置身于百年古银杏林中，总会有一种时光暂停的感觉，这番美景，是

多少人心中的向往，又是多少人的念念不忘。

从文庙出来往南走，路的右手边有一家批发水晶的小店，叫什么名字总是忘了看，老板倒一直很热情。小店隔壁几家店铺，除了卖手串的总是显得有点忙碌以外，那几家文物店，每次去总是冷冷清清，少有人问津。

靠东面有一家，墙上挂着我很喜欢的一幅画，明朝的，不知道是真是假。大概去的次数多了，老板也知道我只是看看，没买的意思，见我也就没有第一次那么热情了。

老板也很喜欢玉器，陆陆续续收购不少玉玩，他把一些好的藏起来，其中一块雕刻着牧童和水牛的用红丝绳挂在身上。其余小件一律杂七杂八地堆在柜台上一块脏灰灰的布上，十几块钱一件，非常便宜。但很少有人买，至少我从未看见过。

一次，我正在店里，走进两个人，买玉的。其中一个瘦老者站在那摊小玩意前翻找一阵，拣出一块跟老板问价。他手里出示的是一块璧，圆形的，很薄，不大，颜色也不纯，白里染着绿，好像非常浑浊，掺杂了不少白点子。璧上的花纹极其简单，是一个二方连续图案，线条像中国画里的白描一样流畅细润。

老板狡黠地回答道："三百五。"我知道，那堆东西，他只卖几十元一个。那老者把璧翻来翻去细看了看，回答说："四百块吧，这是一块扬子璧，明朝的，太便宜了对不起它。"老板呆了，接过去看了看，有些后悔，但已经晚了。

老者又看老板腰里的那件牧童玉器，我也走过去仔细端详，这东西绿润润的，好像一块春水冻住了，牧童雕得惟妙惟肖，活泼俏皮，给人以童心童趣。老者要买，老板不卖。那老者说："其实这块璧比你那块玉更珍贵。"

我真为那块璧高兴，因为它终于从那堆小石头中被人识出来，终于可以显示它原有的价值了。回家的路上，混杂在人群中，我忽然若有所悟，只要是真正的宝，总有一天会被人认识和珍惜的，当然，包括人。

我就想，当年范仲淹在这建文庙的时候，他有没有想过，后世的苏州人每次经过这里都会想起他。

北宋景祐元年（1034），范仲淹从睦州改知苏州。这次到苏州为官，是范仲淹一生中与苏州最密切联系的一次。在苏州，范仲淹拜访了家族长辈，对范氏家族有了更深的了解。在这期间，范仲淹有了在故里置办新居的想法。

在亲友的帮助下，最终寻得南园旁一块土地，该地与沧浪亭相望。

范仲淹觉得这是一块风水宝地，便请了风水先生来看。风水先生看过后说："此地坐落卧龙街上，街北为北寺塔龙尾，南园正好是龙头之位，乃姑苏城风水宝地。如能在此兴建家宅，子孙后代必将科举及第，公卿将相，荣华富贵，万世不竭。"

范仲淹却说："如果风水这么好，我不能独享啊。"于是乎，范仲淹将自己购买的这块地皮捐了出去，建起了后来被视为江南学府之冠的苏州府学。范仲淹捐的这块风水宝地的风水究竟如何呢？据朱长文《学校记》记载，苏州府学建立之后，范仲淹多方延请名师，于是"英才杂沓，自远而至，厥后登科者逾百数，多致显达"。

北宋庆历四年（1044），仁宗下诏全国各州郡都要建立学宫，于是，府有府学、州有州学、县有县学。郑元佑在《学门铭》中说："天下郡县学莫盛于宋，然其始亦由于吴中，盖范文正以宅建学，延胡安定为师，文教自此兴焉。"由此说来，中国古代教育的勃兴，除至圣先师孔夫子而外，范仲淹也是功不可没的。

苏州人民一直没有忘记先贤范仲淹，出火车站，广场上迎面耸立一个雕像，俯瞰无数过客，走近才知道，那是范仲淹。自古至今，无数俊彦英才，次第闪现于吴地春风，留下众多传奇、悲歌、辞章、美名。在这些杰出者构成的漫长序列里，选择范仲淹

作为城市象征，显现出苏州的智慧和深情。

时至今日，当年的府学所在，仍然是吴中学子向往的地方——苏州中学，我们无法否认这都是范仲淹的遗泽。文庙中设有孔子圣像，每年到了中高考前夕，都有络绎不绝的人前来祈福。

人民路 613 号的苏州文庙，它是学府，是古玩市场，是碑刻博物馆，未来，又是什么？

庆历六年春

　　北宋庆历六年（1046）正月，五十八岁的范仲淹正式到达邓州上任，由"处庙堂之高"的参知政事贬任"处江湖之远"的邓州知州。

　　范仲淹一生重视教育，每任职一地，必办学府，培养人才。众所周知，他在苏州办了大名鼎鼎的苏州府学，在邓州也不例外，据当地地方志记载，他到邓州重建百花洲后，就在百花洲上创办了"花洲书院"，成为当地的最高学府。闲暇之时，他还常到书院给众学子讲学，使该书院成为当地的人才培养基地。邓州后来人才辈出是和范仲淹的这些努力分不开的。

　　有一天，正在读书的范仲淹收到了一个快递，打开一看是一幅《洞庭晚秋图》，还附有一封书信。

　　写信的不是别人，正是范仲淹的多年好兄弟藤子京。他们俩同年进士，北宋大中祥符八年（1015）二十五岁的洛阳举子滕子

京与范仲淹同时考中进士，两人一见如故。和文彩出众的范仲淹不同，滕子京在文学领域并不出色，再加上他本人性情耿直，得罪了不少同僚，于是一直在地方上当军事推官一类的基层干部。

范仲淹则由于得到了宰相王曾的赏识，被调进京城，当了一名京官，在皇帝身边工作。范仲淹很够义气，没有忘记滕子京这位小兄弟，便向朝廷推荐，将滕子京也调进京城。

北宋康定元年（1040）范仲淹被派到西北边疆，防御西夏入侵。在范仲淹的推荐下，滕子京也被派来西北边疆，任职甘肃泾州知州，协助范仲淹作战。这个时候的范仲淹因为年事已高，自从到西北戍边开始，远离故土、远离亲人，加之边塞的生活清苦，所以在长期的戍边生涯中，范仲淹那悠悠的乡思离情和离别愁绪不免会流露出来。

> 碧云天，黄叶地，秋色连波，波上寒烟翠。
> 山映斜阳天接水，芳草无情，更在斜阳外。
> 黯乡魂，追旅思，夜夜除非，好梦留人睡。
> 明月楼高休独倚，酒入愁肠，化作相思泪。

《苏幕遮》这首词就是这个时候写的，自一问世，就迎来好评如潮，成为千古名篇。碧云、黄叶、天地、秋色、群山、斜阳、芳草，如同一幅水墨画，为我们描绘出一片苍茫的远景，夜间因思旅愁而不能入睡，尽管月光皎洁，高楼上夜景很美，也不能去观赏，因为独自一人倚栏眺望，更会增添怅惘之情。夜不能寐，故借酒浇愁，但酒一入愁肠，却都化作了相思之泪，欲遣相思反而更增相思之苦了。

这个时候陪在范仲淹身边，与他一起饮酒消愁的只有滕子京，他们原来是同年，现在是生死与共的战友。当西夏军队大举进攻时，泾州首当其冲。滕子京手下没有多少兵卒，但他率领部下浴血奋战，召集数千农民坚守城池。后来，范仲淹收到他的求助信，这才率领宋军赶至解围。战后，滕子京花了公款犒劳边关将士，抚恤遗属，祭奠英烈。谁也没有想到，后来有人会以此为由，对他进行弹劾。

北宋庆历三年（1043），由于西夏求和，边疆战事缓和，范仲淹被宋仁宗召回京城，担任副宰相（参知政事）。范仲淹拜了相后，随即启动了改革，史称"庆历新政"。任何一次改革，都会触动一部分人的利益。守旧派们对范仲淹群起而攻之。范仲淹深得宋仁宗信任，他们一时半会儿扳不倒，便将火力集中在滕子京身上，他们觉得，把范仲淹的"党羽"滕子京清除，是对范仲淹的一个打击。

北宋庆历四年（1044），两人又同时遭贬，只是范仲淹贬知邠州（今陕西彬县），滕子京贬知巴陵郡（今湖南岳州）。几十年的交往里，两人引为知己，惺惺相惜，结下了深厚的友谊。滕子京到任一年之后，开始重修岳阳楼。

重修岳阳楼，也算是件政绩工程，滕子京自我感觉甚好，不仅喜欢于良辰美景登高望远，还想请老朋友范仲淹写文章纪念。为了让范仲淹有身临其境之感，还特意画了一幅《洞庭晚秋图》给他。

滕子京信中言之切切，还回忆起当年在西北戍边时范仲淹写的那首《苏幕遮·碧云天》，他在信中说："窃以为天下郡国，非有山水环异者不为胜，山水非有楼观登览者不为显，楼观非有文字称记者不为久，文字非出于雄才巨卿者不成著……知我朝高位辅臣，有能淡味而远托思于湖山数千里外，不其胜欤？谨以《洞庭秋晚图》一本，随书赞献，涉毫之际，或有所助。干冒清严，伏惟惶灼。"

范仲淹看了信百感交集，当年的战友，今日又都遭贬谪，远在千里之外。范仲淹没有立即动笔，而是稍稍平复了一下自己的

心情，直到三个月后，九月十五日这一天，秋风清扬，秋阳朗照，范仲淹百感兴发，神思泉涌，信步来到花洲书院的春风堂前，看着滕子京送来的《洞庭晚秋图》——烟波浩渺的洞庭湖上，渔船、飞鸟、芳草、岳阳楼，展纸走笔，不一会儿，一篇辞采华美、气韵生动的文章跃然纸上。

"庆历四年春，滕子京谪守巴陵郡……"为了好朋友藤子京，范仲淹一出手，就写了一篇《岳阳楼记》，字字珠玑，气势磅礴，不但使岳阳楼名满天下，也使重修岳阳楼的滕子京随着该文流芳千古。

这一年，除了写出千古名篇《岳阳楼记》，范仲淹又续了新弦，新婚的妻子曹氏为他生下第四个儿子范纯粹。家中添丁，是一家人团圆之后的又一喜事。如此说来，邓州也是范仲淹的团圆之地，他再不像以前那样四处奔波、无暇照顾孩子，一家人其乐融融地聚在一起，在新婚妻子的精心照顾和儿女陪伴的亲情中，在众多文雅幕僚的陪伴下，范仲淹在邓州度过了一段温情、安耽的时光。

也许是这篇《岳阳楼记》太出名，也许是滕子京在重修岳阳楼政绩卓著，他在岳州做了三年官，北宋庆历七年（1047）被调任范仲淹的老家苏州做知州。

但是，三个多月后，滕子京就病逝于苏州任所，痛失好友的范仲淹，含泪写下祭文，足见他们情谊之深。

清风明月本无价

　　范仲淹的《岳阳楼记》鼎鼎大名，而很多人不知道的是，当年岳阳楼重修总共有"四绝"，这"四绝"是什么呢？据记载，"庆历中，滕子京谪守巴陵，治最为天下第一。政成，重修岳阳楼，属范文正公为记，词极清丽。苏子美书石，邵竦篆额，亦皆一时精笔。世谓之四绝云。"所以说，"四绝"就是：滕子京修楼、范仲淹作记、苏舜钦手书、邵竦篆刻。

　　这里的苏子美，就是苏舜钦。苏舜钦不仅字"子美"，他的字确实也写得格外美。他擅长草书、行书，每一幅墨宝都被人争相购买，所以，滕子京想起请他把《岳阳楼记》写下来，然后又请高手刻在石上。北宋庆历七年，也就是 1047 年，滕子京调任苏州，这时候，苏舜钦应该正在苏州自己的家里喝酒写字，闷闷不乐。

　　这事还要从庆历四年说起，这一年，雄心勃勃的范仲淹、富

弼联合苏舜钦的岳父杜衍推行庆历新政。作为杜衍的东床快婿，苏舜钦本就对旧习俗深恶痛绝，立即被范仲淹召至京城。范仲淹将苏舜钦收入麾下，并推荐他担任大学士，监管进奏院。当苏舜钦监管进奏院的时候，正赶上祭祀神明的活动。在祭祀活动之后，通常有部门聚餐。苏舜钦邀请了十几个朋友，打算好好庆贺一番。作为活动的组织者，苏舜钦自己掏了十两银子，其余的酒友多多少少也拿了一部分。结果钱还是不够。他就按照惯例把办公用的废纸卖掉，换来钱财，三五好友，乐和一下。

反对派抓住这一点，非说苏舜钦监守自盗，损公肥私，结果苏舜钦被一撸到底。被削职为民的苏舜钦来到苏州，心灰意冷，有了隐居的念头。苏舜钦是四川人，出生于开封，入仕后也主要在京城为官，为什么会来到苏州居住呢？有一种说法，说因为他被革职后，在京城处境困难，但老家已没有亲故，而当时的苏州既是富庶之乡，又是山水秀丽的游赏之地，所以举家南迁。另一种说法，说是因为范仲淹的影响。我倒觉得后者更可能，范仲淹是苏舜钦在政治上的支持对象，又是提携他的前辈，而范仲淹是苏州人，在苏州创办了苏州府学，提议苏舜钦到苏州看一看。所以苏舜钦离开京城选择到苏州居住。

苏舜钦花了四万钱买下了一处废弃的园子，就在苏州府学的对面，加以整修。有感于"沧浪之水清兮，可以濯吾缨；沧浪之水浊兮，可以濯吾足"，苏舜钦为这处园子起名"沧浪亭"，自号沧浪翁。

滕子京在岳州重修岳阳楼，为了纪念这件事，于是请当时的文章高手范仲淹写了一篇《岳阳楼记》。

苏舜钦在苏州修建了一座沧浪亭，为了纪念这件事，于是他自己挥笔写了一篇《沧浪亭记》，丝毫不输范仲淹。

予以罪废，无所归。扁舟吴中，始僦舍以处。时盛夏蒸燠，土居皆褊狭，不能出气，思得高爽虚辟之地，以舒所怀，不可得也。

一日过郡学，东顾草树郁然，崇阜广水，不类乎城中。并水得微径于杂花修竹之间。东趋数百步，有弃地，纵广合五六十寻，三向皆水也。杠之南，其地益阔，旁无民居，左右皆林木相亏蔽。访诸旧老，云钱氏有国，近戚孙承右之池馆也。坳隆胜势，遗意尚存。予爱而徘徊，遂以钱四万得之，构亭北碕，号沧浪焉。前竹后水，水之阳又竹，无穷极。澄川翠干，光影会合于轩户之间，尤与风月为相宜。予时榜小舟，幅巾以往，至则洒然忘其归。觞而浩歌，踞而仰啸，野老不至，鱼鸟共乐。形骸既适则神不烦，观听无邪则道以明；返思向之汩汩荣辱之场，日与锱铢利害相磨戛，隔此真趣，不亦鄙哉！

噫！人固动物耳。情横于内而性伏，必外寓于物而后遣。寓久则溺，以为当然；非胜是而易之，则悲而不开。惟仕宦溺人为至深。古之才哲君子，有一失而至于死者多矣，是未知所以自胜之道。予既废而获斯境，安于冲旷，不与众驱，因之复能乎内外失得之原，沃然有得，笑闵万古。尚未能忘其所寓目，用是以为胜焉！

这篇《沧浪亭记》熔叙事、写景、抒情、议论于一炉，笔墨酣畅，转合自如，前有铺垫，后有照应。触景生情，由情入议，浑然一体，与范仲淹的名篇《岳阳楼记》，有异曲同工之妙。

写完了甚是得意，苏舜钦觉得还不够，于是也学习滕子京，也请了一个文章高手，不过不是范仲淹，而是欧阳修，又写了一篇《沧浪亭》。

子美寄我沧浪吟，邀我共作沧浪篇。
沧浪有景不可到，使我东望心悠然。

荒湾野水气象古，高林翠阜相回环。
新篁抽笋添夏影，老藥乱发争春妍。
水禽闲暇事高格，山鸟日夕相呼喧。
不知此地几兴废，仰视乔木皆苍烟。
堪嗟人迹到不远，虽有来路曾无缘。
穷奇极怪谁似子，搜索幽隐探神仙。
初寻一迳入蒙密，豁目异境无穷边。
风高月白最宜夜，一片莹净铺琼田。
清光不辨水与月，但见空碧涵漪涟。
清风明月本无价，可惜只卖四万钱。
又疑此境天乞与，壮士憔悴天应怜。
……

"清风明月本无价，可惜只卖四万钱"，只此一句，天下皆知沧浪亭。苏舜钦常常乘着小船在沧浪亭游玩，或把酒赋诗，或仰天长啸，与鱼同游，与鸟同乐。但苏舜钦内心并不希望这样隐居下去，他只是带着文人的自傲与风骨，隐居山水，濯足自娱，他时刻等待着朝廷的重新启用。

这一等就是四年，也许等待的时间太长，日积月累难以排遣的孤寂和郁闷终于把他压垮。当四年后，即北宋庆历八年（1048）朝廷想起他，任命他为湖州长史，苏舜钦大喜之下给当政者上书致谢，准备东山再起。但未及上任，这位饱受心理折磨的文人却大病一场，当年十二月病逝于苏州。

就这样，沧浪亭换了新主人章惇，再后来园主又换成驻守苏州的韩世忠，于是沧浪亭便改名为"韩园"。明朝时，沧浪亭废为僧居。明嘉靖年间，大和尚文瑛重建沧浪亭，同样的套路，他又请了文章高手归有光，让他写文作记，于是在中国文学史上又有了一篇千古传诵的佳作《沧浪亭记》：

浮图文瑛居大云庵，环水，即苏子美沧浪亭之地也。亟求余作《沧浪亭记》，曰："昔子美之记，记亭之胜也。请子记吾所以为亭者。"

余曰：昔吴越有国时，广陵王镇吴中，治南园于子城之西南；其外戚孙承祐，亦治园于其偏。迨淮海纳土，此园不废。苏子美始建沧浪亭，最后禅者居之：此沧浪亭为大云庵也。有庵以来二百年，文瑛寻古遗事，复子美之构于荒残灭没之余：此大云庵为沧浪亭也。

夫古今之变，朝市改易。尝登姑苏之台，望五湖之渺茫，群山之苍翠，太伯、虞仲之所建，阖闾、夫差之所争，子胥、种、蠡之所经营，今皆无有矣。庵与亭何为者哉？虽然，钱镠因乱攘窃，保有吴越，国富兵强，垂及四世。诸子姻戚，乘时奢僭，宫馆苑囿，极一时之盛。而子美之亭，乃为释子所钦重如此。可以见士之欲垂名于千载，不与其澌然而俱尽者，则有在矣。

文瑛读书喜诗，与吾徒游，呼之为沧浪僧云。

如果用一个词语来形容归有光散文的优秀程度，那么可以用"明文第一"这几个字，这也是后人公认的赞誉之词。归有光的文章是非常有唐宋古文风范的，正是因为这个原因，归有光才能凭借其才华而赢得"今之欧阳修"的美誉，登上明代散文成就的最高峰。

这就有意思了，不论是真正的欧阳修，还是明朝"今之欧阳修"，他们都被邀请写下关于沧浪亭的名篇佳句。千百年来，沧浪亭几经兴废，而文人的情怀犹如门前的一湾曲水不停静静流淌。

第九章

大学士遇上洞庭小龙女

山间一匹白马

有一个书生叫柳毅

启园三宝

衣间一点半开红

山间一匹白马

周末，跟朋友一起去爬山，同行的安妮站在山顶，突然大声说："我仿佛看见有人骑着一匹白马，在山间奔跑。""哈哈，你这是在幻想白马王子了吧。"同行的朋友纷纷打趣。我们都知道，最近她被家人逼相亲逼得喘不过气来。

不过，这一带确实是春秋时期吴王养马的地方，曾经白马成群，在山间游荡。也许真有一天，一位英俊少年，悄悄骑上白马，在山间奔跑，一个人溜到姑苏城阊门一带青楼玩耍，把马随手拴在桥边。这英俊的少年哪里知道，这一切，都被一位圣人看在了眼里。这一天，孔子与颜回一起爬泰山，站在山顶，朝东南方向极目远眺，孔子对颜回说："我看到吴国阊门外，系着一匹白马。"颜回惊讶不已。二人站立的地方，已变成著名景点，名曰"望吴胜迹"。

现在很多人爬泰山，都会站在那里望一望，心里嘀咕一句，

孔子真能看到阊门的白马？现在想来，也许是孔子对吴国阊门的向往吧。

大学毕业的时候，我也去爬了一次泰山，站在孔子曾经站立的地方，伸长脖子看了好久，也没看见一匹白马在阊门外吃草。不过，我倒对山下的美食印象深刻，念念不忘。

我们下到山脚，路旁出现一小吃摊，招牌上写着"煎饼卷大葱，两元一个"。来泰安之前就了解到泰安的煎饼卷大葱很有名，很想尝尝这个味道，就让老板给我们每人做一个。煎饼摊的老板动作很快，不一会儿一人一张。由于害怕大葱的味道，我拿起煎饼就直接咬了一口，一口竟然没咬动，很费力地"扯"了下来。煎饼摊的老板用泰安普通话给我们说，煎饼韧性极强，直接吃会很费力，但如果包着一些菜吃，韧性就会减小很多。

在老板的建议下，我们打开煎饼，包了些大葱，还有一些小豆腐，再在上面涂上酱吃了起来，果然煎饼变得柔软爽口，葱也少了辛辣多了清香，有点像肯德基的鸡肉卷，别有一番风味。其实，这"煎饼卷大葱"是山东西南部的特色，东部人的吃法是大葱蘸酱。

据说东部的山东大汉吃前，先将上身脱光，再把酱甩在额头上，用煎饼和大葱蘸着吃，直至大汗淋漓方止。自然有夸张的成分，但至少说明煎饼和大葱确是山东饮食的象征。煎饼是山东许多地方的主食，一方水土养一方人，山东人吃煎饼，就像新疆人吃馕、藏族人吃糌粑一样，当地人就将此当作世界上最好的食物。

煎饼源于泰山，泰安煎饼最具特色。泰安煎饼，以玉米、小米为原料，磨成粉搅成糊再摊制而成，薄如纸，脆如酥，少水分，耐贮存，吃起来略带酸味，香软可口。一张薄薄的、热气腾腾的煎饼，涂上当年的新酱，再卷上几根大葱，你会真真切切地体验到山东人的豪气和直爽。

这样想来，孔子作为山东人，估计最爱的美食也是这煎饼、大葱吧。回到苏州，我又去了一次山塘街，特意转弯去了阊门。这"红尘中一二等富贵风流之地"，吃草的白马估计早就跑到山里去了，现在山塘街还真有一座白姆桥，又叫白马桥，也许就和孔子看到的白马有关。其实，这座桥是白居易在苏州做刺史时所造的，不知道当年他从这里经过，是否也看见一匹白马。具体无可考，但写了一首诗是真的。"阊阊城碧铺秋草，鸟鹊桥红带夕阳。处处楼前飘管吹，家家门外泊舟航。"从这首《登阊门闲望》足以看出，唐代阊门已是十分繁华的地方。

唐朝，繁华都市远不止苏州一个，诗人崔颢在《渭城少年行》里写道："渭城桥头酒新熟，金鞍白马谁家宿。可怜锦瑟筝琵琶，玉壶清酒就倡家。"三月柳丝飘荡，新酿的米酒，清香扑鼻，金鞍白马的英俊少年，你要去谁家？分明看到，那英俊少年青楼买醉，自在得意的神情。不过这倒很像崔颢的自画像。据记载：崔颢以才名著称，好饮酒，其艳情故事为时论所薄。

同样的英俊少年，骑白马，那位姓白的刺史却这样写道："妾弄青梅倚短墙，君骑白马傍垂柳。墙头马上遥相顾，一见知君即断肠……终知君家不可住，其奈出门无去处……为君一日恩，误妾百年身。"白居易是想让广大女性朋友知道，白马的少年哪个不多情！最后不忘深深叮咛一句："寄言痴小人家女，慎勿将身轻许人。"

叮咛归叮咛，西安北门里有位千金小姐，就是怎么也不听劝，一人苦守寒窑十八年，不过，她遇到的这位白马少年还真不是那负心的汉。"我身骑白马走三关，我改换素衣回中原。放下西凉无人管，我一心只想王宝钏。"

不过，我听到这首曲的时候，已不是歌仔戏的唱词，而是收音机里传来的《身骑白马》，这时我正和女朋友开着特斯拉，经过东山的岱心湾大桥，一边慢悠悠开着车，一边欣赏着外面的太

湖风景。

　　一路波光粼粼，湖水澄澈，水鸟低飞，眼前的每一帧画面都很美，充满了清新文艺范。车正行驶着，忽然发现路边的山腰上，站着一匹白马，我们急忙找了个路边的临时停车场停了下来。我跑过去一看，原来是一匹白马的雕像，还披着一件蓝色的披风。前面不远处，有一座庙宇，走近细看，上面写着"白马庙"。庙宇背靠山岭，面向太湖，隔湖可直观太湖中的佘山岛，风景十分秀丽。

　　太湖边怎么有座白马庙？也不知道什么原因，大门紧紧关着，没办法去里面参观。难道跟白马寺有关？白马寺是中国第一古刹，位于河南省洛阳市，始建于东汉永平十一年（68），相传汉明帝派人西去求佛取来的经，是用白马驮的，于是取名白马寺，称为"中国第一古刹"。在白马寺里诞生了中国第一部汉译佛经——《四十二章经》。

　　正纳闷的时候，庙的大门吱呀一声开了一个缝，走出一个老者，上前询问，原来是供奉柳毅、龙女神像，用于祈祷湖神保佑村民多子多孙，保佑渔民安全的，跟白马寺没啥关系。白马庙面朝正北，是块风水宝地，门前的白马，是柳毅骑来拴在门前的。

　　只可惜不能进去参观，据说这里面还有龙女和柳毅的爱情故事呢，只能期待哪天开放，可以再来烟波浩渺的太湖边半山腰的白马庙里静静地走一走，遥想一下当年那感人的爱情传奇。

有一个书生叫柳毅

"当日地陷东南，这东南一隅有处曰姑苏，有城曰阊门者，最是红尘中一二等富贵风流之地。这阊门外有个十里街，街内有个仁清巷，巷内有个古庙，因地方狭窄，人皆呼作葫芦庙。"

《红楼梦》开篇第一回提到的葫芦庙，据说就是山塘街的普福禅寺，它就位于阊门下塘。

我沿着东中市向西走到皋桥，再向北就拐入阊门下塘，我本来是要找葫芦庙的，谁知不知不觉拐入一条东西向的小弄，顺着弯曲的小路走五六分钟，在拐角处忽然看到一扇木门上方有一块刻着"五峰园"的石额。

五峰园竟然是处园林！说起园林，拙政园、留园、狮子林这些大园子，都是游客们常去的，都看过。倒是一些小园子，因为各种各样的原因，或是找不到，或是进不去，从没看过。这五峰园我倒真也从没来过，既然撞上了，那就进去逛一逛。

　　五峰园始建于明代，藏在深巷之中，是一座占地仅三亩多一点的小园林，园中耸立着五座太湖石峰，又名五老峰，分别为"丈人峰""观音峰""三老峰""庆云峰"及"擎云峰"，故名五峰园。园中有柱石轩、五峰山房等建筑，全园以五峰胜，辅以水池，有峭壁、山洞、石桥、古树、旱船、园亭等景，形成了独具风格的园林特色。

　　但最让人感兴趣也是最好奇的是柳毅亭，柳毅亭位于园西南角土墩上，传说土墩下有柳毅的墓。苏州园林一般都为私家园林，亦住亦隐，所谓"大隐隐于市"也。既然园林适于居住，那么应该没有谁愿意把一座墓留在园林里，然而实非如此，这五峰园，偏偏把一座"柳毅墓"留在私家园林里。

　　也许，当年的原主人对柳毅的传说太过于喜爱，毕竟只是传说故事，而不是真的墓葬。传说柳毅是苏州人，原来就住在阊门下塘，《柳毅传书》的故事，在苏州一直流传至今。

　　唐仪凤二年（677），苏州有一名书生，名叫柳毅，去往长安赶考，只可惜应举落第。虽然没考上，柳毅想可以趁这个机会到处走走。想起长安附近的泾河县有一位朋友，何不前去叙叙旧呢？

　　就这样，柳毅一个人就出发了。走到泾河岸边的时候，看见一个年轻女子在放羊，远远望去，犹如仙女下凡。走近一看，这位女子却是个美貌少妇，看模样不过二十三四岁年纪，生得肤白貌美，眉目间又夹杂着些楚楚可怜，十分惹人怜惜。柳毅走上前一打听，才知道该女子是洞庭太湖龙宫的龙女三娘，父母作主把她嫁给泾川龙王的二儿子。想不到丈夫竟是个渣男，每天花天酒地，寻欢作乐，再加上婆媳关系不好，公婆折磨她，罚她到这泾河岸边放羊。柳毅听说，深为同情，顿生怜悯之心，就问有什么可以帮到她的。龙女便请求他给自己的父亲洞庭龙王送一封家书和信物，并告诉他，洞庭湖边有一棵老橘树，只要在树干上敲三下，就会有人来接应他。

柳毅来不及去看自己的朋友，就星夜兼程赶回到了苏州城，雇了一匹白马，飞奔到太湖边的洞庭东山。按照龙女的交代，把白马拴在一棵树下，取出三公主给的绢带绑在老橘树上，用力敲了三下，老橘树竟然摇曳起来。不到一会儿，湖底龙宫侍者带了虾兵蟹将从树旁的一口古井中出来迎接，柳毅说明来由后，侍者便让柳毅一起从井入水，进入龙宫。柳毅见了龙王，说明事件原委，龙王十分感谢柳毅。龙王的弟弟钱塘君，性格非常暴躁，听到龙女受苦的消息，立即带上兵马，冲到泾川龙王家中，杀了泾川龙王的二儿子，救出龙女三娘。

得救的龙女，为了报答救命之恩，有意嫁给书生柳毅为妻，可是柳毅竟然当面拒绝了三娘，回到苏州城内阊门下塘一个人生活。于是龙女化身民妇，住到柳毅家边，日夜照顾柳毅，两人日久生情，结为夫妻。婚后柳毅得知民妇就是龙女化身，被龙女的一片深情所感动，从此王子和公主过上了幸福美满的生活。

《柳毅传书》是一个人仙相恋的故事，不同于牛郎织女、董永七仙女的悲剧结尾，它打破人仙殊途的清规戒律，有情人最终成了眷属。在这个传说里，我们可以很明显地感觉到，似乎唐人对于诸多"神仙"的态度有着比较大的转变，神性失去了至高无上的光环，人性开始崛起。

虽然"神话里都是骗人的"，但是善良的苏州人还是愿意相信就有这样的一位书生住在阊门下塘，所以在五峰园内造了一座柳毅亭，东山的太湖造了一座白马庙。

因为故事里的龙女家在洞庭湖，所以，湖南的洞庭湖君山同样有着这样的传说。其实无论是苏州洞庭东山，还是湖南洞庭君山，各地的人们都为书生柳毅的义举而感动，对这样一份凄美而动人的爱情充满赞叹和祝福。

除了五峰园里的柳毅亭，你现在去东山，还可以找到当年柳

毅进入龙宫的秘密通道，就是那口古井，现在叫作柳毅井。改天我一定要找找这口古井，据说柳毅井内有石阶直入水中，恰似龙宫入口。如果你一步一步走下去，或许真能找到水晶宫，也许在太湖底真有这样一个更加美好、令人向往的水底世界。

启园三宝

清康熙三十八年（1699）春，康熙皇帝开始了第三次南巡，这次南巡坐船去了一趟太湖东山，这个季节到东山肯定少不了尝一尝当地的新茶，据说当时的官员就把新鲜采摘的"吓煞人香"端了出来，茶叶在杯中色泽碧绿，清香袭人，康熙甚是喜欢，只是觉得这名字有点俗，于是改名为"碧螺春"。

碧螺春始于何时，名称何来，说法颇多。以上只是碧螺春得名的说法之一。不管是不是康熙赐名，苏州名茶碧螺春确实是让人欢喜，以形美、色艳、香浓、味醇"四绝"闻名于中外。

不过，康熙南巡驾临东山确是事实，当时东山一个大户、曾做过清朝工部主事的席启寓率地方绅士在太湖边迎驾，席家后人为了纪念自己的祖先曾在这里迎接下江南的康熙圣驾造了一座园林，称作席家花园，现在改名叫启园。

那天我们走进这座园林的时候，天空正飘着小雨，园子里也

没什么人，只有我们两个人撑着伞走在园子里。我一直觉得烟雨蒙蒙时的江南才是最美的，虽然所看到的景色皆笼罩在蒙蒙薄雾中，看着不那么通透，但却让眼前的景色看起来多了些诗意与古韵。

园子内绿植、影壁、假山、厅堂水榭、曲径长廊，乍一看和其他的苏式园林并无不同，但继续往前走，移步换景后，眼前的景色忽然开阔，水榭边再无密密层层的错落庭院，而是大片葱茏掩映下一片碧波荡漾，烟波浩渺，水天一色。厅堂轩榭、廊舫斋馆，花径曲桥，散落其间，与天然山水浑然一体，风光旖旎，令人心旷神怡。

当年康熙下船的地方，建成了御码头，御码头前有大小两对石狮，御码头由牌坊、碑亭和栈道组成，牌坊上书"光焰万丈"，碑亭上悬挂有"虫二"匾额。当年康熙来此，启园的主人就是在这里迎驾的。栈道一直延伸嵌入碧波荡漾的太湖之中，极具诗情画意，站在亭子里，可以饱览太湖湖光山色。

亭内有石碑一块，碑身上"御码头"为刘墉所书，亭上匾额"翠色满湖"四字为康熙御笔。拙政园巧妙地借来北寺塔成为一景，启园已经霸气地把整片太湖纳入怀中，而远处的借景则是连绵不断的如黛青山。

遥想当年，康熙皇帝就是走在这里饱览太湖春光，碧水清波，水鸟翩飞，远处青山如黛，让人流连忘返。康熙皇帝在园内走了一段，估计是有点乏了，于是坐在一棵巨大的杨梅树下歇息，想必康熙肯定问起随从的官员，这是一棵什么树，如此枝繁叶茂。只是当时是四月初，杨梅尚未成熟，不然，康熙可以随手采摘一颗品尝一下美味的东山杨梅。

现在古杨梅树前有一石碑，也是为了纪念当年康熙皇帝在树下歇息。这棵古杨梅历经三百六十多年的风霜雨雪，仍然枝繁叶茂，至今每年仍然会开花结果，生机勃勃。

经过古杨梅树继续往西走，绿树掩映之中，一处古朴简拙的石砌井台出现在眼前，井圈苔痕斑驳，井口经过井绳经年累月的摩擦，留下了深深的勒痕，井壁上书三个朱漆斑驳的隶书大字"柳毅井"。原来这口古井就是一直传说中的"柳毅井"，竟然一直隐身在启园中！柳毅井和古杨梅树以及御码头，被称为启园三宝。

传说柳毅就是从此井进入龙宫的，井由此得名。一介书生，虽未有金榜题名之誉，却意外地抱得美人归，成就了洞房花烛之喜，可谓是人生一大幸事。柳毅井使破落书生一跃龙门，改变命运，成就一份美好姻缘，这井千百年来一定让无数人心生幻想。

在柳毅井的旁边贴墙而筑一个半亭，同样以"柳毅"命名为柳毅亭——苏州阊门下塘的五峰园内也有一座柳毅亭——这座亭子小巧玲珑，古意盎然，上面有清代诗人吴梅村题咏柳毅井的五言律诗石刻：

> 仙井辘轳音，原泉泻橘林。
> 寒添玉女恨，清见柳郎心。
> 短绠书难到，双鱼信岂沉。
> 波澜长不起，千尺为情深。

估计吴梅村同样也为柳毅和龙女的爱情传说感动，更加羡慕二人有情人终成眷属。比起柳毅和龙女这一对才子佳人的美丽爱情传说，大诗人吴梅村和秦淮八艳卞玉京的缠绵爱情更让人唏嘘不已。

从柳毅亭转身出来，又经过柳毅井，不经意间看见"柳毅井"三个红色大字旁边，写着"正德五年四月六日少傅王鏊题"。王鏊是明代苏州东山人，明正德四年（1509）王鏊上了三次奏疏，要求辞职回苏州老家，皇上准许了他的请求。正德五年王鏊

应该就住在苏州，估计王鏊也是郊游经过这口古井，为家乡的这一古迹题字，也应该是他所乐意的。

如今站在柳毅井旁，似乎找到了故事的源头，想象着水井代表的美丽传说，不能不心生感慨：虚幻的传说之所以能流传千载，不正说明了它寄托着人们的理想吗？有那么一刻竟然突发奇想，真想跳下去看一看，这井底是不是真的通往那美丽奇幻的龙宫世界。

衣间一点半开红

唐解元一日坐在阊门游船之上，就有许多斯文中人，慕名来拜，出扇求其字画。解元画了几笔水墨，写了几首绝句。那闻风而至者，其来愈多。解元不耐烦，命童子且把大杯斟酒来。

解元倚窗独酌，忽见有画舫从旁摇过，舫中珠翠夺目。内有一青衣小鬟，眉目秀艳，体态绰约，舒头船外，注视解元，掩口而笑。须臾船过，解元神荡魂摇，问舟子："可认得去的那只船么？"舟人答言："此船乃无锡华学士府眷也。"

上面这段文字是明代文学家冯梦龙《警世通言》中《唐解元一笑姻缘》里唐伯虎初次见到秋香的情形。"唐伯虎点秋香"故事，自明人将此风流韵事附会在"吴中四才子"之一的唐寅身上以来，经各类文学作品衍化，在民间广泛传播流布，至今为人所津津乐道。

　　"唐伯虎点秋香"故事发生地华学士府，就是以王鏊的故居惠和堂为原型的。惠和堂在苏州东山的陆巷古村，是英武殿大学士王鏊的出仕之地，也是他的归隐之处。陆巷古村背靠着波光粼粼的太湖，面朝青山，目光所及之处除了波光粼粼的湖面、高低起伏的山峦外，还有白墙黑瓦的古建筑。远远望去，已是与蓝天、碧水、黛山融合成一幅宁静闲逸的田园山水画，走进其中，更有一种偶遇世外桃源的豁然开朗之感。

　　山清水秀的景色和优越的地理位置让陆巷古村的景色非常优美，依山傍水的自然风光也是难得一见。站在环山公路上望过去，陆巷古村粉墙黛瓦，衬着后面的青山，回过头，太湖烟波浩渺，顿时心想，依山傍水，幽静优美，真是个适合隐居的好地方。

　　村内紫石街上宽石铺面、小青砖围侧，栅板店铺林立，古味浓郁，但是科举高中的牌坊还是最为耀眼。牌坊既是王鏊的荣耀，也是陆巷的荣耀。王鏊在乡试中取得第一名"解元"；随后在礼部会试又取得第一名"会元"，殿试中文章才学本为当仁不让的状元郎，据说是因主考官的私心，被屈降为探花。因为主考官商辂就是明朝连中三元的一位，不想让别人分享这份荣光，就力排众议，让王鏊悲剧地成了探花郎。这说法不知道是史实，还是民间传说，不过，这并不影响王鏊在家乡的荣耀。

　　惠和堂是古村中规模最大的宅院。进入宅院，院落精美，花园精致，园中一草一木、一屋一瓦，无不浸透着岁月的痕迹。该堂进深五进，纵向轴线三路，门楼、大厅、堂楼、客厅、花厅、书楼等，一应俱全，堂中砖雕、木刻及堂匾等富有深厚的文化内涵，是古时江南官宦宅邸的代表。

　　惠和堂规模宏大，共一百四十八间房。惠和堂大厅是古代官宦人家跪接圣旨，迎接达官贵人和家中红白大事所用。其厅规模宏大，器宇轩昂，梁架架构，用料粗壮，制作精湛，且大多为楠木，均系明式。大厅正中有王鏊的塑像，立柱上一副"宽田宽地莫若宽厚待人，积金积玉不如教子读书"对联，细细读来，发人深思。

惠和堂既是古代私家园林，又是当代的一座艺术宝库，它不仅有个出人意料的后花园，里边小桥流水、杨柳依依、亭台楼阁，而且花园边，还套着一个小花园，半壁亭、砖雕花窗、长廊和漂亮的花厅，传说唐伯虎点秋香的故事就发生在这"笑缘草庐"里，现在草庐变成了茶室，供游人歇脚。

王鏊在任上为官清廉，仗义执言，却终因无法挽救时局而辞官归乡。此后家居十多年，终不复出，但仍关心时局、关注朝政，人称"山中宰相"，于明嘉靖三年（1524）病逝于家中。

王鏊也应该算得上是一位德才兼备的好官吧，皇上得知王鏊死讯后不胜悲痛，追赠王鏊为太傅，谥号文恪。"知行合一"的王阳明撰写一篇名为《太傅王文恪公传》的祭文，将王鏊称之为"完人"，足见王阳明对他的崇拜之情。而王鏊的弟子唐伯虎则称王鏊为"海内文章第一，山中宰相无双"。

说起王鏊和唐伯虎，他们亦师亦友，相传，明正德七年（1512）苏州大旱，虎丘剑池水干，王鏊、唐伯虎还有其他友人前往池底探奇，目睹了吴王墓门，还在旁边刻石纪念。

陆巷古村是王鏊的故居，但王鏊在回到苏州后，只是偶尔住在村里，大部分时间是住在热闹繁华的苏州城里。

城里有一条街道叫"学士街"，就是因王鏊而取的名字，王鏊曾做过武英殿大学士。学士街中还有一条横巷天官坊。六部之首为吏部，吏部尚书也就可以说是最大的实权官员了，于是用吏部的古称天官来敬称吏部尚书，因为天有顶头的意思。王鏊曾做过吏部尚书，于是巷子叫作天官坊。王鏊的儿子在这里建了一所宅子，供王鏊退归后读书娱乐，取名"怡老园"。当时文徵明、祝枝山、唐伯虎等一批文化名士经常在园中写诗论文，据王鏊在

园记中所说，名流一时云集，歌诗作绘，酬唱不绝。

现在王鏊故居"怡老园"已经焕发新生，推开大门，眼见一个粉墙黛瓦的精致小院，院门对面是一方秀美湖石，从厢楼到大厅，显得古朴雅致。这里曾是王鏊故居古宅的一部分，由古宅改造而成的建筑有着一个高挑的厅堂，两侧齐顶的陈列架上摆满了各式各样的砖雕，现在这里成为一家私人博物馆——苏州砖雕博物馆的所在地。

漫步在学士街，呼吸着清新的空气，追溯着时光的步履，突然就有了一种很奇妙的想法，当年一定有很多文人墨客光顾过这里。我刚刚踩过的这条花园小路，江南四大才子一定走过吧，他们也一定曾在此吟诗作画，把酒言欢过吧。

如今的学士街已经成为吃货眼里的"美食一条街"，火锅、烧烤、串串、夜排挡应有尽有。想起唐伯虎"是夜雇了一只小船，泊于河下。黄昏人静，将房门封锁，同秋香下船，连夜望苏州去了"，有理由相信他们逃离华府，到了苏州，就躲进这小巷喝酒撸串庆祝去了。

第十章

浮生六记里的苏州日子

最可爱的女人

万年桥下

吃酒吃茶吃生活

人生难得有情趣

最可爱的女人

沧浪亭前的荷花开了，整个池子飘着淡淡的荷香，傍晚时分，一个人在池边行走，也是一种享受。

二百多年前，有一个美丽的女生，安静地坐在窗前，微风拂来，含蓄清淡的荷香不时悄悄潜入，盘内精致的点心赏心悦目，不禁令人心旷神怡。女生的名字叫芸，林语堂曾说，她是中国文学上一个最可爱的女人，也可以说，芸大抵是每一个男人都想要娶的妻子。

翻开《浮生六记》，你就能看到："满室鲜衣，芸独通体素淡……其形削肩长项，瘦不露骨，眉弯目秀，顾盼神飞……一种缠绵之态，令人之意也消。"看得出来芸瘦瘦的，但并不凄婉单薄，脖颈修长，很有气质，眉眼漂亮，灵气十足，美眸顾盼间华彩流溢，红唇间漾着清淡浅笑，一股女儿羞态，娇艳无伦。一个清新出尘充满灵气又不失女人味的女子，这样的气质，对于任何

眼光颇高的才子都是有绝对吸引力的。

芸是沈复舅舅家的表姐，自幼家境并不怎么好，四岁亡父，和弟弟一起由母亲辛苦拉扯长大。芸天资聪颖，乖巧伶俐，在十三岁那年的一次聚会上，芸第一次遇见了比她晚出生十个月的表弟沈复。十三岁的沈复对芸一见钟情，惊叹于芸的才思和清雅秀丽，满心都是她，不能释怀，当下对自己母亲表示，"如果让我结婚，我非陈芸不娶"。就这样，两人在十三岁时便定下了婚约。

有人说："世上最美的，一是女子，一是文字。"一个腹有诗书的女子，就更让人欢喜了。

芸家贫，从小没有受过正规教育。芸自小就很聪明，她刚学说话的时候，给她读《琵琶行》，她很快就能背诵。长大之后，在家中的书筐中找到一本《琵琶行》，便挨着字认起来，从此，芸就识字了。芸的文化，全靠自学，却能写出"秋侵人影瘦，霜染菊花肥"的句子。书中有这样一段：

> 灯残人静，悄然入室，伴妪盹于床下，芸卸妆尚未卧，高烧银烛，低垂粉颈，不知观何书而出神若此，因抚其肩曰："姊连日辛苦，何犹孜孜不倦耶？"
>
> 芸忙回首起立曰："顷正欲卧，开橱得此书，不觉阅之忘倦。《西厢》之名闻之熟矣，今始得见，莫不愧才子之名，但未免形容尖薄耳。"余笑曰："唯其才子，笔墨方能尖薄。"

让人不禁想起，《红楼梦》第二十三回，贾宝玉与林妹妹于沁芳闸桃花树下，共读《会真记》，林妹妹觉得词藻警人，余香满口，还忍不住记诵其中词句。

婚后，陈芸跟沈复一起读书、谈论历史、赏月评花。有灵魂上的交流，红袖添香夜读书，沈复简直不要太幸福！这样的幸福场景描写在《闺房记乐》中比比皆是，更加难能可贵的是，芸能够把学得的诗书与夫妻生活结合起来，融入其中，快乐和妙处无处不在。芸的好学，正合沈复心意，才子佳人，于飞之乐，这是典型的夫唱妇随。芸从破书筐烂画卷中，偶然发现一张可观的纸片，也像获得了一件宝贝。后来迁居到仓米巷，新居"纸窗竹榻，颇有幽趣"，在太阳落山的时候，夫妇俩欣赏晚霞夕照，随意吟诗，竟有"兽云吞落日，弓月弹流星"这样的佳句。

芸与沈复心有灵犀，真正将日子过成了诗。漂亮是女人的外表，而情趣却是女人的灵魂。对女生而言，最重要的就是做一个有趣的女生，懂得生活的情趣。

沈复虽然生在衣冠之家，又处乾隆盛世，但父教甚严，又被过继伯父立嗣，家庭鲜有感情快乐，芸的温柔有趣，对沈复不啻是阳光雨露。比如，他们的居室案头瓶花许多，芸说："这样插花，能表现花在风晴雨露中各种姿态风韵，可谓精妙入神。然而画卷中也有草木与昆虫共同相处的方法，你何不仿效一下？"沈复说："小昆虫徘徊不定，怎么仿效？"芸说："我倒有个方法，恐怕始作俑而引起罪过呢！"沈复说："你试说说。"芸说："小昆虫死了不会变色，寻找螳螂、蝴蝶之类用针刺死，拿细丝网捆着它的脖子系在花草间，再整理它的脚足，或抱在花梗上，或踏在叶上，这样宛如活生生的小虫，不是更好么？"芸用细线系住经过干化处理的昆虫置于盆花枝叶之上，有以假作真之妙境，可知芸的审美情趣。

沈复在山中扫墓时，捡拾到几块纹理像山一样好看的石头。回到家后，便与芸商量如何堆叠。然后两人一起忙碌数日，在盆内堆垒出一座嶙峋峻峭的小山峰，又在石空角处用河泥种上白萍，在石头上种植茑萝。最动人的场景是，夏天荷花初放的时候，晚上闭合，白天盛开。芸便用小纱囊，撮少许茶叶，放在荷花心。等到第二天早晨取出来，烹了雨水来泡茶，香韵尤其绝妙。

一个有生活情趣的女人，不仅自己活得开心快乐，更容易悦纳美好，就连烦琐日常也会变得有滋有味。最好的爱情就是这样吧，不是愿意给你更多，而是愿意带你领略更多，帮你变成一个更善于体验生命乐趣的人。

还有一件事，这个世界上，估计很少有女人会愿意跟另一个女人分享自己的男人，而芸就是其中的一个。沈复有个朋友，讨了个漂亮的妾，得意扬扬地跟大伙炫耀，就跟现在的男人买了新款跑车似的。芸却不以为然，品评曰："美则美矣，韵犹未矣。"那位朋友正在兴头上，被浇了这么一瓢冷水，自然很不爽，就说：那将来你要是为你丈夫讨小老婆，一定是"美而韵者"了？

这话很有些揶揄意味，偏偏芸就说，那是当然！后来芸偶尔见到妓女憨园，姿态亭亭玉立，恰如"一泓秋水照人寒"，芸一下子被她打动。她喜欢美景、美文、美人，看到美人憨园，就像贾宝玉看见那个红衣少女，下定决心替丈夫把她娶回家。为了说服那个叫憨园的女孩子，芸三番五次邀请她来家里做客，还拜为姐妹，最后终于把定情的玉镯戴在憨园的手臂上。小姑娘已经有意过门，但最后争不过有权势的人，遗憾作罢。

芸竟一直把这件事放在心中耿耿于怀，以至于给身体抱恙的她一个大大的打击，直到临终，还在叨念人家小姑娘负了她。芸愿意想象三个人共同生活的美好图景，她不介意跟别的女人分享丈夫，数次亲自出马给丈夫物色"美而韵"的小妾，而不像《红楼梦》中的凤姐总对丈夫身边的女人围追堵截。

这就是二百多年前，那个中国文学史上最可爱的女人。

她的真名叫陈芸。

万年桥下

"你想，谁不愿意和她夫妇，背着翁姑，偷往太湖，看她玩观洋洋万顷的湖水，而叹天地宽，或者同到万年桥去赏月，而且假使她生在英国，谁不愿意陪她参观伦敦博物院，看她狂喜坠泪玩摩中世纪的彩金抄本？"林语堂看完《浮生六记》后这样说。

有一次，沈复要去吴江吊唁，芸娘想跟着一起去看看太湖美景，于是以回娘家为借口，于万年桥下赏月，和船家女一同泛舟饮酒。书上说："是日早凉，携一仆先至胥江渡口，登舟而待，芸果肩舆至。解维出虎啸桥，渐见风帆沙鸟，水天一色。芸曰：'此即所谓太湖耶？今日得见天地之观，不虚此生矣，想闺中人有终生不能见此者。'闲话未几，风摇岸柳，已抵江城。"

第一次见到太湖的芸娘，惊呼不已，"今日得见天地之观，不虚此生矣"，这句话看得我感动极了。想想古代女子，终日居家，洗手做羹汤，有多少人一辈子都没有走出自家院落，看过外面的世界。

　　"世界那么大，我想去看看。"对于常年生活在姑苏城内的芸来说，能有机会偷偷溜出来看一眼太湖，已经是这一生最快乐的事情，在她的内心，有着对自然、世界和自由的向往。在芸看来，去了太湖，就好像看到了全世界，觉得人生至此也值了。在那个时代，住在姑苏古城，想要去往太湖，必须要出胥门，至万年桥畔的胥江渡口，坐船沿胥江一路向西，过枣市桥，经横塘驿站，与京杭运河交会，过京杭运河至胥口，此时城市渐远，湖山可亲，山旷水夷，直入太湖。

　　胥门在苏州素以繁华出名，万年桥又享有"三吴第一桥"之称，雄跨胥门外护城河上，当年这里曾是舟楫密集、车水马龙的交通热闹之地。"万年"，用在桥名上的寓意非常明显，就是希望桥梁能够长久存在，造福民众，就像小明同学重名率高一样，万年桥名也容易"撞名"，除苏州外，抚州有，青州有，徽州也有。

　　在日本神户市立博物馆里藏着一幅重要的姑苏版画《姑苏万年桥图》，图画中可以看到当年的胥门繁华，画面中央的万年桥为三孔石桥，三个巨大立柱驻扎护城河，气势雄伟。崭新的桥面上有园林式的铺地，桥上有官员视察。桥下河面，船只众多，画舫、乌篷、龙舟形状各异，或停或行，船上人或坐或立，或是用力摇动桨板。众多船只簇拥在桥体南北两岸，船杆彩旗飘飘，一派安宁繁荣景象。在万年桥的对岸，则是一排品类丰富的店面，店号名称一览无余，自北向南依次有酒店、卦摊、杂货店、中药铺、烟店、布店、酒馆等，一直延续到胥门。

　　明清时期，大运河苏州段改道胥江，过往船只多经胥江入胥门，造就了胥门一片繁华胜景。胥江，自胥门外城河起至木渎西胥口，相传是吴王夫差命伍子胥率众开凿的一条人工河道。我曾经就住在这胥江畔，如果你坐船行走在胥江之上，你可以看到江水缓缓流淌，水质清澈，水藻漂浮，鱼儿游动，你会感觉到胥江两岸的美妙和江南水乡的优美，等到夜色降临，周围的灯光洒在江面上又别有一番情趣。

沈复和芸娘从吴江归来，也是坐船沿胥江一路前行，经木渎，过横塘，然后一直到胥门。"返棹至万年桥下，阳乌犹未落山。舟窗尽落，清风徐来，绒扇罗衫，剖瓜解暑。少焉霞映桥红，烟笼柳暗，银瞻欲上，渔火满江矣。"晚霞映照下，两人看着彩云与满江灯火交相辉映，迎着清风，相伴相随，构成了一幕极美的画面。

船家女名素云，与余有杯酒交，人颇不俗，招之与芸同坐。船头不张灯火，待月快酌，射覆为令。素云双目闪闪，听良久，曰："觞政侬颇娴习，从未闻有斯令，愿受教。"芸即譬其言而开导之，终茫然……芸曰："久闻素娘善歌，可一聆妙音否？"素即以象箸击小碟而歌。芸欣然畅饮，不觉酩酊，乃乘舆先归。

万年桥下，月光如水，船娘做伴，喝酒行令，有说有笑，酒至浓时，用筷子击打小碟高歌一曲，一直喝到酩酊大醉，戴月而归，这是多么惬意的日子，多么令人向往的生活，同样也是一件有点不可思议的趣事。一个古代已婚女子，瞒着家长，偷偷跑出去旅行，泊舟万年桥下，与船家女行酒嬉戏，还喝到大醉，在封建时代像芸娘这样大胆、不顾忌流言的女子是极为少见的，当然，也体现出她的个性自由与封建礼教的冲突。

沈复笔下的芸娘与冒辟疆《影梅庵忆语》里的董小宛相比，更接近常人姿态。董小宛以她的勤劳和贤惠博得了冒辟疆及一家老小的爱戴，她的身上固然有闪亮点，而与芸娘这位点燃自我意识的女子相比，莫如山花对汀兰。在古代，女子总是要三从四德，可是在芸娘这里是不一样的，沈复出去游玩的时候带着她，她跟着沈复，享受外面的世界，灯火璀璨，照着她的身体里不被束缚的那颗心。

这估计也是芸娘最可爱的地方吧，她活成了女子最好的模样。

吃酒吃茶吃生活

《浮生六记》里的芸娘给我印象最深刻的，除了月夜在万年桥下与船家女吃酒，就是夏日荷花开了，把茶放在花心，烹了雨水来泡茶吃。苏州人很喜欢"吃"这个字，除了吃酒、吃茶，还可以吃粥、吃豆腐浆，甚至生活都是可以吃的。

只是苏州人的"吃生活"，是一件挨打皮肉苦的事情。不过，这生活里的酸甜苦辣、花鸟鱼虫，个中滋味，各色食材，真的都是可以吃的，所以才有了这世间那么多美味。汪曾祺曾说："很多东西，乍一吃，吃不惯，吃吃，就吃出味儿来了。"

我第一次吃折耳根，就很吃不惯，想不到越吃越欢喜它，就像开始讨厌一个人，时间久了，竟然爱上她。

折耳根在西南很出名，其实这种被称为折耳根的鱼腥草，在江南地区也很常见，每到春季，心形的叶片衬托下，那白色花瓣在河畔溪边特别惹眼，走近了就能闻到它独有的鱼腥气，让人不由得怀疑它的前世是不是就是这河里的一尾鱼。

　　也许因为江南本是鱼米之乡，有的是鲜鱼，就很少有人愿意吃这带鱼腥气的东西，而西南地区就不同了吧，这只是我个人的想法。不过，这鱼腥草的名字倒与江南有关，当年越王勾践做了夫差的俘虏，忍辱负重，假意百般讨好夫差，方被放回越国。越王勾践为了雪耻报仇，节衣缩食，卧薪尝胆，和老百姓同甘共苦，经常登山采食一种带有鱼腥味的野生蕺菜，以牢记国耻。因有鱼腥味，便被勾践称为鱼腥草。现在的绍兴有座蕺山，很可能就是当年勾践采蕺菜的那座山。不过看得出来，蕺菜被食用，至少也应该有两千多年的历史了吧。

　　现在折耳根在市场上也很常见，一般卖菜的都把根和茎分开卖，吃法也不一样了，根总要贵一些。根最简单的家常吃法就是凉拌了，制作时选其肥嫩根部掐成长约一寸的段，洗净后用食盐腌一下，再用清水淘洗，将干辣椒烤至焦脆，碾成碎末，撒在折耳根段上，加酱油、醋、蒜、鸡精、少许白糖等调料拌匀即可食用。

　　凉拌折耳根吃起来脆嫩爽口，细细咀嚼，越嚼越香，能使人食欲大增，要是再来上一杯黄酒，那真是无话可说了。根还有其他吃法，我有时就把根拿来炖汤，炖排骨或肘子，炖出来的汤味道鲜美，还有保健的作用。

　　手上的一本《植物志》有着这样的记载：鱼腥草，又名蕺菜，多年生草本植物，茎和叶有鱼腥气，生长于蔽荫潮湿之地。全草可食用，亦可入药，有散热、解毒、消肿等作用。更奇怪的是新鲜鱼腥草阴干后，不但没有了腥气，而且微有芳香，加水煎汁时，会挥发出一种类似肉桂的香气，煎出的汁色泽微红，细细品尝，芳香而略有涩味，如淡的红茶。

　　还有一种鱼，也很奇怪，在鱼米之乡的江南菜场很少见。因为喜欢吃鱼，经常去菜场买，但从未看见有鲤鱼卖，一问才知

道，江南人不吃鲤鱼，也不知道是什么原因。于是非常好奇地询问了一些江南的朋友，得到的答案都是，不晓得。因为他们从小就没吃过。

记得小时候，鲤鱼是家门前池塘里最容易钓到的一种鱼，不要一个下午，就会有不少收获，自然也就成了晚饭桌上的一道美食。直到有一天看汪曾祺《鱼我所欲也》，"我不爱吃鲤鱼，因为肉粗，且有土腥气"，才明白原来是这样，也难怪，精巧的江南人细致惯了，吃不了这鲤鱼。不过再往下看，"但黄河鲤鱼除外"，看来汪曾祺还是吃过鲤鱼的。

其实很早就有食用鲤鱼的记录，《诗经》里的"岂其食鱼，必河之鲤"，就是证明。这里的河即是黄河，我的老家在山东，"糖醋黄河鲤鱼"应该算是山东的一道传统名菜了。

黄河鲤鱼体色鲜艳，体态丰腴，口与鳍是淡红色，两侧鳞片有黄色光泽，腹部淡黄，尾鳍鲜红，极为美观。厨师在制作时，先将鱼身割上刀纹，外裹芡糊，下油炸后，头尾翘起，再用陈年老醋加糖制成糖醋汁，浇在鱼身上。此菜色泽枣红，肉味醇正，鲜嫩肥美，鲜香四溢，甜中透酸，醇而不腻。

清代学者谈迁在其《枣林杂俎》中有"黄河之鲤，肥美甲天下"的记述，能够甲天下的，苏州人都知道自己的园林、洛阳的牡丹，还有桂林的山水，其他的，好像不多了。

苏州人不喜欢带腥味的折耳根和鲤鱼，有一样东西，倒是很招美女的欢喜。有一个夏天，我要去扬州，打电话给那边的一位女友，问她要带点什么苏州特产，女友不假思索说："梅子，天热，人都没有胃口。"到了扬州，我自作聪明地说："想喝酸梅汤了吧，我教你啊。"女友不屑地瞥我一眼，"我早会了，看你那么辛苦，再给你做一道我刚学的梅子蒸排骨吧。""美女私房菜呀，好啊，好啊。"我不住地点头。

女友一边下厨，一边还不住地给我讲解："排骨半斤，剁成这样的小块，加点盐、酒、胡椒粉先腌一会儿。梅子五六个，稍微切一下，加点糖、蒜蓉拌拌，糖化了，倒到排骨里，加干淀粉再拌匀，把排骨铺在盘子上，大火蒸上几分钟就行了。"

坐在餐厅等，她也不忘给我上课："最早的梅，就是作为调味品而食用的，醋没发明的时候，古人除了盐和梅，就没什么调味品了。赏梅，那是汉代以后的事了。扬州人也有腌制青梅的传统，梅子熟了，摘下来，洗净，放在瓮中，加上大把的盐，少量水，再放一些青梅的根，密封上三两个月。不过，我还是喜欢苏州的，有种江南的味道。"

说话间，一股浓香扑鼻，女友起身把排骨夹出，撒点辣椒碎，浇上一汤匙热油，一盘鲜香四溢的梅子蒸排骨上桌了。我迫不及待，夹一块排骨吃起来，香嫩酥软，酸甜可口，很开胃。

"味道如何？"女友问。我闭了眼睛，咂咂嘴道："酸酸甜甜，有一种初恋的味道啊。"女友看着我说："那你不能坐高铁来扬州啊。""为什么？"我纳闷道。"要骑竹马来才行。""哈哈"两个人禁不住大笑了起来。

一个苏州的女子，在扬州这座城市命名的大学，遇到了爱情，于是选择定居扬州。品尝着这酸酸甜甜的排骨，就能想象到她幸福的样子。这一次出差，让人最难忘的不仅有初恋味道的梅子蒸排骨，还有她家巷口的老鹅和凉粉。

按她的说法，在扬州，估计很少有人说自己不喜欢吃老鹅的。扬州人的老鹅其实就是盐水鹅，不过除了在扬州，我还真没在哪里吃过那么美味的盐水鹅。

夏天的傍晚，每次去都要排很长的队，有时候去晚了还买不到。通常都是来个半只，有时觉得不过瘾，再带上一个鹅头或是一副肫肝。老板会麻利地将老鹅剁成块，码进袋子，倒进特制的乳汤，再熟练地扣上红绳。从老板手里接过老鹅，美滋滋地拎着，一路走，一路晃。

葛红兵在他的《鹅黄色的扬州》中写道："你不理解盐水鹅在扬州人心目中的地位，一锅鹅汤能用一百年，扬州人崇尚一百年的老鹅汤烧出来的盐水鹅，每每傍晚回家的时候，会专门去那里买上半斤，为什么呢？这个答案你要去扬州白这样的烧酒中去找，去扬州评话当中去找，到烧卖、干丝当中去找，扬州白只有和盐水鹅搭配才能出味道，烫干丝也只有边上放着一盘盐水鹅，它的成色才真实。"

用上百年的老汤老卤烧制，这大概也是扬州人把盐水鹅叫作"老鹅"的原因吧，当然用来烧制的鹅，也要是达到一定年龄的。老鹅，名字叫"老"吃起来却一点都不老，很嫩。细嫩的肉质是老鹅的一大特色，外表油亮、香气扑鼻，吃到口中，与舌头接触的一瞬间，口味特别好，松、鲜、嫩、香，不愧是百年卤味，越嚼越有味道。

从她的家出来，拐一个弯，路过一个巷口，远远看见一个大大的"凉"字，我径直奔了过去。卖凉粉的是位漂亮的姑娘，应该用"凉粉西施"来称呼，果然是扬州多美女。

干净的台面上，青蓝花的瓷碟瓷盆里装着黄瓜丝、香菜末、葱花、蒜蓉、姜丝、白糖、盐、酱油、醋、芝麻酱、花生酱、麻油、辣椒油、胡椒面……林林总总一大堆，错落有致地陈列着。

旁边纱笼里白嫩光滑的凉粉，像一座小小的堡垒，端端地放着，如玉如缎，散发着诱人的光芒，让人食欲顿生。姑娘灵巧地拿起一个小巧的刨子，在凉粉上快速地那么划了两下，出来的丝丝凉粉便盛满刨子，轻轻码放在白色的瓷碗里，看上去晶莹剔透，软滑柔润，放上黄瓜丝、香菜末、生姜、葱花、蒜蓉，用香醋、麻油一拌，再淋上点辣椒油，一碗诱人的凉粉，放在了面前。

辣椒鲜红，黄瓜翠绿，我拿起小勺，舀起一块凉粉，小勺刚放到嘴边，凉粉一下子就滑进了嘴里，清凉爽口，有道是"冰镇刮条漏鱼穿，晶莹沁齿有余寒"，凉飕飕、酸溜溜、辣酥酥，那滋味真是夏天最美的享受，让人总是忍不住再叫上一碗。

在夏天，我们吃折耳根、梅子、老鹅和凉凉的粉，多么美好的日子。

在夏天，我们也吃绿豆、桃、樱桃和甜瓜。

在各种意义上都漫长且愉快。

日子发出声响。

瑞士诗人罗伯特·瓦尔泽在他的《夏天》的诗里这样写道。

我和他一样，欢喜。

人生难得有情趣

我们知道，夏天荷花初放的时候，芸娘会用小纱囊，撮少许茶叶，放在荷花心，第二天早上取出来，烹了雨水来泡茶。同样是夏天荷花初放的时候，有一次欧阳修于月夜会客，他派人取来上千朵荷花，分插在盆中，围绕座席一周。每当行酒令时，就让入席的客人们传送荷花。花朵传到谁手上，谁就要摘下一瓣，谁摘掉最后一瓣，谁就要饮酒，想来古人如此风雅快意。每每众人都是赏玩尽兴，踏着月色而归。

荷花开放时的朋友聚会，被欧阳修喝出了一种文人的情趣。唐朝的时候也有一个学士，名叫许慎选，也喜欢和亲朋好友在花圃中摆酒设宴，他从来不设坐具，而是叫仆人将落下的花瓣铺于席间，他说"吾自有花裀，何消坐具"。

坐在花瓣上，边喝酒边赏花，若要去远一点的地方赏花，古人也有办法让赏花更有趣味的。这里又要说到芸娘，沈复想要和

210

朋友去苏州南园赏菜花，又觉得冷茶冷食破坏赏花情趣，芸娘便想出一计，让街头卖馄饨的同去，这样既可以煮馄饨，也可以烹茶。

无论是沈复与芸娘，还是欧阳修、许学士，把日常生活里的那些大大小小事情都过得诗情画意，颇有情趣。何谓情趣呢？不过是感知美好的能力，用心对待每一天，把眼前苟且的生活过得充满诗意。人生在世，就要像他们那样，做个有情趣的人，一半烟火以谋生，一半诗意以谋爱，忙时勤努力，闲时赏风月。

难得一个假日，我忙碌完家里的琐事后，泡上一壶陈年普洱，随手拿起一本《闲情偶寄》翻阅，不想一读起来就深深被作者生活中的情趣所吸引，欲罢不能。这是怎样一位有情趣的生活家，把凳子做成中空，里面灌上凉水，再盖上薄瓦，夏天坐上去凉快得很。冬天则把凳子下面装上抽屉，抽屉里装几块炭，就可以御寒了。他还把墙上的花鸟图画挖个洞，再放上一架真鸟，观赏花鸟图会看到活生生的鸟，真是妙趣横生。

芸娘的手法和他差不多，将经过干化处理的小虫用线系于盆花枝叶之上，有以假作真之妙。芸娘还会捡拾路边的石块在自家院子搭成一个小小假山，把春花秋叶插入瓶中点缀房间，虽然没有上好的花瓶，可他们家每个花瓶都不曾一日空过，夏采芙蓉，秋藏菊花，老花未枯萎，新花就已经重新插上，一年四季，房间里永远有花香。

现在想想，二百多年前，他们两个人闲下来时，就坐在屋檐下晒太阳，喝自酿的青梅酒，看假山盆栽，等夕阳西下，这场景多美！其实用心了，想把日子过不成诗都难。这里还是要说到欧阳修，自河北都转运使谪守滁州期间，写下了不朽名篇《醉翁亭记》。他在琅琊幽谷中修筑了醒心、醉翁亭，并让幕客在那里种植一些花卉。幕客就问他，要种哪些花品，欧阳修就在纸张的末尾写了一首诗文：

浅深红白宜相间，先后仍须次第栽。

我欲四时携酒去，莫教一日不花开。

　　欧阳修赏花，而苏东坡则吃肉，都是一种生活里的情趣。苏轼被贬之后，友人给了他一块东坡上的地，他闲暇之时在那里农作，也会与田头农夫畅聊，采摘自家地里的菜蔬做些可口饭菜，买点便宜的肉，叫上隔壁友人一起品尝，喝酒。友人品尝后觉得此道菜太好吃了，问菜名，苏轼随口就说，"东坡肉"。

　　一个有情趣的人，就是能够发现寻常窗前月不一样的美。日月星光，岁月静好，放眼四周，处处皆美景，且趣味无穷，人生便充满了欢悦。就像周作人在《北京的茶食》中说："于日用必需的东西以外，必须还有一点无用的游戏与享乐，生活才觉得有意思。我们看夕阳，看秋河，看花，听雨，闻香，喝不求解渴的酒，吃不求饱的点心，都是生活上必要的……"

　　讲究生活情趣的人，都有一个有趣的灵魂，一碗稀粥也能喝出玫瑰的气息。因为无论身处何种境地，他们总有本事取悦自己，让自己的心情达到一种舒畅或平静的状态，自觉自愿、激情满满地生活。我们小区附近的菜市场里有一对年轻的夫妻，常年在此卖青菜。据说整个市场里，他家的生意最好，因为人们常常能够看见，客人不多的时候，夫妻俩忙里偷闲在空地锻炼身体，而一旦有客人来，两个人便又立即热情地上前招呼，绝不令人久等。

　　他们热情、礼貌、本分，常常会欢喜地赠送客人几棵香葱，而遇到貌似不太富裕的老人，他们还会悄悄地少收几块钱。我每次路过他们摊位，看到他们脸上朴素却火热的笑容，看到他们挥舞着球拍的模样，都会忍不住想起诗人海子的那句诗："你来人间一趟，你要看看太阳。"

活在这个珍贵的人间，鲜花着锦也好，命若琴弦也罢，都要有一颗懂生活有情趣的心，于枯燥无聊中找到生活的新意，就算是野百合，哪怕是洋芋、胡萝卜都会有自己的春天。

后　记

　　喜欢一座城市就像喜欢一个人一样。

　　到了一座新的城市，我喜欢去城市的书店看一看，书店的存在，会使城市温暖；我喜欢去大学里走一走，一所大学的记忆，改变了我与这座城市的关系；我喜欢去咖啡馆坐一坐，一间转角咖啡馆，抚慰了我四处游荡的灵魂；我喜欢去博物馆逛一逛，一座充满历史感的博物馆，让我和这座城市的过去和未来有了对话。我还喜欢去逛逛市集，去看一场展览，走进小剧场体验一场演出……

　　如果有一个人和你有着相似的灵魂，如果她也乐意和你一起去一座城，去书店，去大学校园，去博物馆，你是不是肯定会像喜欢这座城市一样喜欢上她？是的，这样的女生我很喜欢，当然我也很喜欢这座城市。我走过大街和小巷，仿佛看见几百年前的自己和我遥遥相望，那时候的我，知道几百年后的自己又来到这里吗？一定是知道的。每一次的轮回，我们都会丢掉一点东西在曾经走过的地方。

每座城市它都有呼吸，它都有故事，比起潮牌林立的时尚街区，我更倾心于街边的市井烟火，喜欢那种特有的城市生活、人文掌故。苏州的美，是含蓄的，她隐藏在始于繁华归于宁静的巷子里。随意走在这座千年古城的街头巷尾，都能感受到一股浓郁的文化气息，每条巷子都有它独特的韵味。其实，最让人着迷的是藏在这些巷子里的历史人文故事以及相互之间千丝万缕的关系，那些掩埋在历史小巷里的日常与人生，都变得异常生动有趣。也许你可以不看园林，不逛街，不享受美食，但是，你只要走进巷子里，吸引你的必定是这座城市里绵延流长的一篇又一篇的动人的故事。

就像那条马医科，几百米的小巷，你站在巷口，回望过去，就会发现，岁月悠悠，科场失意的俞樾走进来了，他在精心布置他的园子；江南名医马培之搬进来了，他在细心整理药方；一名叫沈寿的女子也来了，她拿着针线潜心绣制着她的作品。但你怎么也不会想到，生活在这条巷子的三个人，生命中都和一个叫慈禧的女人发生着千丝万缕的联系，他的试卷触怒过她，他的药方治愈过她，她的绣品给她祝过寿，而每个人都因为她改变了命运，每个人和她之间的故事就是一段历史。

我对苏州的记忆是从钮家巷开始的，从临顿路骑单车右拐进入钮家巷，一路向东经过一座石桥，在鹤鸣堂拐弯再向前，就走进了我租住的那个房屋。夏天日落会有人摇着蒲扇在河边乘凉，冬天早起会有人在路口给炉子生火，河边相遇的阿婆会站在桥边聊上一顿家常，我那时还听不懂苏州话，这条路还不出名，它叫平江路。

那个时候只要有空，我会一个人随便走走，走进小巷人家，那旧宅的年纪大都有数百岁，那因为年久而剥落的粉墙，那墙头

上悬垂下来的古藤，那精致的砖雕门楼，那带着深深绳槽的石井，那色彩斑驳的花窗，都承载着古城的历史和记忆。

现在我依然会去古城人家院落里围炉喝茶，下雨天在艺圃赏荷花，周末在一家叫"坐忘"的书房里讲课，假日在探花府里吃一碗苏式面，夜晚去虎丘看璀璨烟火，去太湖边的白马庙看风景，在斜塘河边亭子里过生日，做这些必定要经过一条条安静而美丽的小巷。

南显子巷、灯火巷、胡厢使巷、泰南路、吴趋坊……这些仿佛古典词牌的巷名，挂在斑驳的墙头，记载着一段段难忘的经历，每当你想起它，你记起的是曾经发生在这里的故事和曾经的那个人。这里有菩萨气质的斯嘉丽，有创意的海报犹如她本人；这里有书房的身影，在红尘中学会"坐忘"；这里有新区文联、作协的支持，理想可以照进现实；这里有父母、妻子、女儿等家人朋友的付出；这里还有急急国王、毛毛，说到这里，叙一、哈哈哈、哆啦 A 梦三只宠物猫都要站起来鼓掌。

小巷就是苏州的灵魂，而苏州的记忆，都写在小巷里。有一天，我拐进一家小巷的书店，面对那满屋的书籍，我在想，这里会不会有一本书，她的名字叫《花巷暖》。

吴晓淞
癸卯年乙卯月写于万年桥畔